この恋、契約ですよね？
出戻り悪役令嬢と公爵閣下の密愛事情

浅見

✦

Illustration

KRN

JN242885

gabriella books

この恋、契約ですよね？
出戻り悪役令嬢と公爵閣下の密愛事情

contents

第一章

カツン――と、低い踵《かかと》が大理石の床を叩《たた》いた音は、さほど大きくなかったはずだけれど。

ヴィオラが宮廷のホールに足を踏み入れた瞬間、舞踏会の楽しげなざわめきは、まるで水を打ったように静まり返った。

人々が息を呑《の》んでこちらを見つめる。

ほどなく、ひそひそと話す声がホールに響き始めた。

「まあ……あちらはヴィオラ様ではありませんこと？」

「彼女はつい先日、夫のマルティ伯爵を亡くされたばかりのはず」

「マルティ伯爵はご高齢で、ヴィオラ様と結婚した翌日に亡くなったという話」

「まだ伯爵の喪も明けていないというのに舞踏会とは、なんと非常識な……」

フリルをあしらった扇で上品に口元を隠し、一人がくすりと笑う。

「ご存じ？　ヴィオラ様とマルティ伯爵は再婚で、最初の結婚はあの悪評高い商人エルマンとだったの。でも、結婚式の翌日に離縁されたそうよ」

「悪人にすら捨てられるなんて、よほどの性悪なのでしょうね」

その声量こそ控えめだが、会話を隠すつもりはなさそうだ。なにしろ彼女たちが話している内容は全て事実なので、ヴィオラに聞かせても悪いとは少しも感じていないのだ。

ヴィオラはつんと小さな顎を上げると、赤いドレスの裾を靡《なび》かせ、ホールの奥へ進んでいった。

——どうぞ、好きに言ってちょうだい。

気にしたって仕方がないし、こちらはそれどころではないのである。

ヴィオラは夏空を映した硝子《がらす》のような薄青色の瞳を左右に動かし、ゆっくりとホールを見渡した。

それから慎重にパートナーがいない男性を探していく。

——あちらの男性は高級そうな服を着ているけれど……靴が古びているわ。

恰幅《かっぷく》の良い五十代ほどの男性を一瞥《いちべつ》したあと、すぐにまた視線を移す。

——あちらの男性は装飾品も豪華だし、お金持ちそうだけれど……ダメね。まだ若いし、曰《いわ》く付きの出戻り女に手を出すような好色には見えないもの。

ヴィオラは、小さな唇をきゅっと横に結んだ。

——なんとしても新しい結婚相手を探さなくちゃ、今夜が最後のチャンスなんだから。

その時、使用人が運んでいるワイングラスにヴィオラの姿が映った。

軽く結い上げた髪は、明るく華やかな金色。ぱちりと大きな双眸《そうぼう》には、薄青色の瞳が輝いている。肌は雪のように白く、頬《ほお》と唇は淡い桃色。首は細く長く、体つきは華奢《きゃしゃ》だ。

誰がどう見たって美しい女性だろう。

加えて年も二十一才と、まだまだ花の盛り。

――これが、いま私の持っている全て。

若さと美しさ。この武器をもって、ヴィオラは今夜中に三度目の結婚相手を見つけるつもりでいた。

それもできるだけお金持ちの。

今夜は外交使節として隣国ルシブへ赴いていた公爵の帰国を祝う舞踏会で、国中から有力貴族が集まっている。

――まさか私に宮廷舞踏会の招待状が届くとは思ってもみなかったけれど。

誰かが囁《ささや》いた通り、ヴィオラはまだ喪中だ。

しかも夫を亡くした自分には、宮廷舞踏会に来られるような高い爵位もない。

いったいどういう理由でここに招かれたのかはわからないが、この機会を無駄にはできない。

財力を持った未婚男性と出会える場所は限られており、自分が抱えているタイムリミットを考えると、これが最後のチャンスとなるからだ。

なんとしても『出戻りの性悪でも構わないから、若くて見目の良い女性を侍《はべ》らせて良い気分になりたい』と思っている、好色で、かつ金払いの良い男性を見つけなくては。

ヴィオラはきょろきょろと会場を見渡した。

ひとりの男性と軽く肩がぶつかったのは、そんな時である。

「すまない」

こちらもよそ見をしていたが、それは向こうも同じだったようだ。

深みのある声で謝罪がなされる。

「いえ、こちらこそ……」

ヴィオラはそう言って顔をあげ――息を呑んだ。

目の前に立っている男性が、信じがたいほど美しい容姿をしていたからだ。

――この方は……？

それなりに社交場に出入りしてきたヴィオラの記憶のなかに、彼の姿はない。

――そして、身長が高すぎるわ……。

至近距離で見上げていると、首が痛くなりそうだ。ヴィオラは一歩後ずさってから、再び男性を見つめた。高い身長に、長い手足。テールコートが非常によく似合っている。

かすかに波打つ髪は、まるで秘密を隠した夜のように深い黒色だ。

鋭く、切れ長の双眸に輝くのは、冷たいアンバーの瞳。すっと通った高い鼻筋に、薄い唇と、その顔立ちは整いすぎて冷たく感じるというより――もっと、そう、ぞっとするほど美しい。

気を抜くと魂を抜かれてしまいそうで、ヴィオラはすぐに男の前から立ち去ろうとした。

しかし彼は思いのほか強くヴィオラを見つめており、その視線に縫い止められてしまって、思うように動けない。

「あの……」

ヴィオラが戸惑いの声をもらした瞬間、近くにいた人物が、なにやら彼に耳打ちをした。

「ああ……彼女が、あの……」

その声には、あきらかな落胆と軽蔑が込められている。彼がヴィオラの名前を聞かされたことは疑いようがなかった。『あの悪名高い性悪女ヴィオラ・フィランティである』と。

彼の琥珀色《こはくいろ》の瞳に宿っていた、熱のようなものがすっと消えていく。

そしてヴィオラへの興味を完全に失った様子で前を向くと、そのまま何も言わずに立ち去った。

――なによ……。

人から悪意を向けられるのには慣れているはずなのに、どうしてか胸がずきりと痛んだ。

きっと怒りのせいだろう。

ヴィオラは振り返って男の背中を睨《にら》みつけた。

――勝手に見つめてきたくせに、こちらの名前を知った途端にあの態度！

いくらなんでも失礼すぎる。

唇を尖《とが》らせたところで、彼を熱心に見つめる女性たちの声が聞こえてきた。

「ルーファス様、本当に素敵だわ」

「外交使節として国を代表し、お仕事をされたことで自信がついたのでしょうね……さらに魅力的になられたみたい」

――ああ……彼がルーファス様なのね。

ヴィオラはひそかに納得して頷《うなず》いた。

自分が知らないはずである。

彼は一年前から隣国に滞在しており、不在だったのだ。

そしてヴィオラが社交界に出入りし始めたのも、ちょうどそのぐらいの時期だった。

――公爵様なんて、こちらから願いさげだわ。

ルーファスの顔を思い出すとまた胸がずきずきして、ヴィオラはふんと前を向いた。

ヴィオラが求めているのは、財力があり、好色で、若くて綺麗《きれい》な女性ならなんでもいいという、金払いの良いおじさんなのだ。公爵なんて、財力があるぐらいしか条件に一致しない。

――余計なことを考えていないで、さっさとそういう男性を見つけなくっちゃ。

ふっと短いため息を吐き出して、ヴィオラは再びホールに視線を巡らせた。

それから程なく、五十代ほどの恰幅《かっぷく》が良い男性を見つけ、ヴィオラは薄い青色の瞳を輝かせた。

ぎらぎらとした装飾品を身に着けた、いかにもなお金持ちが、鼻の下を伸ばしながら近くを通り過ぎる若い女性たちの腰やお尻を眺めている。

――あの方こそ、私の運命の人に違いないわ！

ヴィオラはドレスの裾を翻し、意気揚々と彼の方に歩み寄ろうとし――。

「ヴィオラ・フィランティ様ですね？」

しかし彼に声をかけるより早く、見知らぬ紳士が話しかけてきた。

振り返ったヴィオラが「はい」と答えると、彼はうやうやしい態度で言葉を続けた。

「国王陛下が、あなたをお呼びです」


ヴィオラが連れてこられたのは国王の個人的な書斎だった。

「ああ、ヴィオラ嬢、突然呼び出してすまなかった」

ソファに腰掛けたまま鷹揚《おうよう》に手を上げる国王に、礼儀を尽くして一礼する。

「本日は舞踏会にお招きいただきありがとうございます」

しかしその声も動作も、緊張で少しぎこちないものになった。

——これまで、陛下のお姿は遠目に拝見したことがある程度だったけれど……。

不躾《ぶしつけ》にならない程度に、ちらと視線をあげてその姿を見つめる。

国王の名はサミュエル・フェルナリア。

金色の髪と琥珀《こはく》色の瞳が印象的な、三十代後半の男性である。

——こう見ると、やはりご兄弟ね……ルーファス様と顔つきが似ておられるわ。

瞳の色も同じだが、そのアンバーの輝きから受ける印象はまるで異なる。

サミュエルの瞳が色味の通り温かさを感じさせるのに対し、ルーファスのそれは、見つめるだけで人を射殺せそうなほど冷たかった。

——確か、お二人はお母様が違うのよね。

サミュエルは王妃の子だが、ルーファスは愛妾《あいしょう》の子である。

ヴィオラの人生にはこれっぽっちも関係がない情報なので、それ以上のことは知らないが。

「まあ、まずは座ってくれ」

サミュエルはヴィオラに椅子を勧めると、鈴を鳴らして使用人を呼び、紅茶を淹《い》れさせた。

使用人が仕事を終えると、あらためて人払いを命じる。

「他でもない、君をここへ呼んだのは、個人的な頼みがあったからだ」

二人きりになった所でそう話を切り出され、ヴィオラは思わず眉を顰《ひそ》めた。

——頼み……？

ろくでもない話だと、すぐにぴんときた。なにしろヴィオラは二度の結婚を経験し、性悪と噂《うわさ》が立つ未亡人である。国王がまともな頼みごとをする相手ではない。

「あの……それは、いったいどのような？」

「そういえば、今日は君のパートナーはどうしたんだ？　ホールでは一人だったようだが」

質問を質問で返された。

「友人のアルバートン子爵家のアンリ様と一緒に参りましたが……その、彼はホールに入る前に恋人と会い、共に庭園へ向かわれました」

宮廷舞踏会にはパートナーの同伴が必須である。しかし相手が夫婦や恋人でなければ、会場では別行動を取ることが多い。

とはいえ、会場に入る前から別行動をするのはさすがに珍しいだろう。

——だけど私からしたら、入り口まで同伴してくれただけでもありがたいのよ……。

アンリは特別な事情から恋人とは宮廷舞踏会に同伴できず、今夜はヴィオラのパートナーを務めてくれた。ヴィオラもその事情を理解しており、アンリの行動には納得している。

「自由な恋愛をしているようで、なにより」

サミュエルが満足げに頷く。

——いったいなんなのかしら？

話の行方が読めない。

ずっと緊張しているせいで喉も渇いてきて、ヴィオラは淹れてもらった紅茶に口をつけた。

「さて、件《くだん》の頼みだが……ヴィオラ嬢、弟の恋人になってやってほしいのだ」

思わず紅茶を噴き出しかけた。

さすがにそれは堪《こら》えたものの、激しく咳《せ》き込んでしまい、次の言葉を続けるのに時間がかかった。

「こ、恋人……陛下の弟ということは、ルーファス様のですか？」

「そうだ。もちろん永遠にというわけではない、ごく短い期間だ」

脳裏にルーファスの姿が浮かび上がる。

――恋人？　私が……あの方の。

胸がざわめき、想像すると顔が熱くなった。だが、それも一瞬のこと。サミュエルは『ごく短い期間』と言った。なにか事情のある話に違いない。

「……理由を聞いてもよろしいですか？」

「先頃、弟がオンズワルト公爵位を継承したのは知っているね？」

「それは、もちろん」

先代オンズワルト公爵は彼らの叔父で、数年前、後継ぎに恵まれぬまま亡くなった。

それからしばらくは空位となっていたが、ルーファスが外交使節を務めるにあたり叙任されたのだ。

「弟も公爵を継いだからには、賢明な結婚をし、子をもうけ、末永く王家を支えていくよう努めなければならない」

「……はい」

「実際に良い縁談も来ている。隣国ルシブの第三王女が、公爵家に輿入《こしい》れしても良いと言っているのだ」

「王女様が……それは、おめでとうございます」

「うん、縁談がまとまれば我が国とルシブの関係はさらに強固となるだろう」

このフェルナリアは広大な領土と軍事力で知られる大国である。

対してルシブの領土は広くないが、貴重な資源を有している。

王弟ルーファスが一年にわたりルシブに滞在したことからも、両国関係の重要性は明らかだ。

「しかし弟は極度の女性嫌いでね、王女はもちろん、誰とも結婚はしないと頑《かたく》なだ」

「女性嫌い……」

「弟は昔からよく女性に好かれる。それで何度か嫌な思いをし、女性はこりごりと思っているようだ。そうして女性を遠ざけているうちに、弟は女性の良さを理解する機会を失い、頑なになっているのではないかと私は考えている」

ヴィオラは曖昧に頷いた。

ルーファスの女嫌いは分かったが、それがどう転がって自分が恋人になんてことになるのか。

「だから、まあ遊びの一つでも覚えて、女性がそう悪いものではないと理解すれば、弟の気も変わるのではないかと思うのだ」

と、そこでようやく話が繋《つな》がった。

「……つまり、私に閣下の閨《ねや》の相手をしろということですね？」

恋人というのは建前で、ようはヴィオラに弟の愛人になれと言っているのだ。

「言葉を選ばずにいえばそうなる」

頷くサミュエルに、眉を顰めた。

——そりゃ、王侯貴族が愛人を持つのは珍しくないことだけれど。

もっと言えば、愛人の斡旋《あっせん》も上流階級ではよくある話だ。

さすがに兄から弟にというのは聞かないが、彼らは王族であり、女性関係も政治に直結するのだろう。

――だからって、どうして私が。

すぐにでも断りたいが、相手が相手だ。

穏便に辞退する理由を探すため、もう少し話を聞くことに決めた。

「ですが……閣下に愛人など、ルシブの王女に対して失礼にあたるのでは？」

「まだ縁談を受けたわけじゃない。弟と王女は婚約者でもなければ、恋人ですらない。今なら不義理には当たらないだろう？」

女性側の気持ちを考えると、同意しがたいところだ。

「これは単なる男女の問題ではない。弟の気が変われば、両国にとって良い結果がもたらされる」

「ならば、陛下が結婚をお命じになればよいのでは？」

「本人が納得しないまま無理に結婚させても、弟も王女も幸せにはなれないだろう」

なるほど、とヴィオラは内心で唸《うな》った。

――陛下は閣下の女嫌いを治したうえで、王女と結婚をさせたいのね。

その手段の是非はともかく、兄なりに弟の幸福を願っているわけだ。

ヴィオラにも妹がいるから、気持ちだけは理解できる。

「……どうして私なのですか？」

「弟が、熱心に君を見つめていたからだ」

舞踏会のホールで、ルーファスと肩がぶつかった時のことだろう。

「弟が女性に興味を持つところを、私は初めてみた」

「まさか、さっきのいまで、私を閣下の愛人に選ばれたのですか？」

ぱちっと目を瞬かせるヴィオラに、サミュエルは首を横に振った。

「もちろん、それだけが理由ではない。以前から条件に合う女性を探していて、その候補のなかに君がいたんだ」

「条件？」

「弟の立場上、その相手は身元の確かな貴族の女性が相応《ふさわ》しい」

確かに、ヴィオラは伯爵家の生まれだ。

——私はその選定のために今夜の舞踏会に呼ばれたのね。

おかしいと思っていたが、これで理由が分かった。

「さらに君は若く、とても美しい女性だが、すでに二度の結婚を経験しており、その年頃の他の令嬢に比べて、厳格な貞操の規範に縛られることがない。こちらとしても頼みやすい」

サミュエルは「ただ」と言葉を続けかけ、途中で呑《の》み込《こ》んだ。

だが言いたかったことは分かる。

「私には性悪という噂があった、ということですね？」

「君が、世間で言われているような女性でないことは分かっているつもりだ」

自嘲するヴィオラに、サミュエルは穏やかに続けた。

「二度の結婚と、アルバートン子爵家のアンリとの関係を見るに、恋に奔放なのは確かなようだけれど、それ以外に素行が悪いという報告は無かった。財力のある男性を探しているようだが、君のご実家のことを思えば、安定した生活を求めるのも無理からぬことだ」

その話には二、三の間違いがあったが、ヴィオラは聞き流した。

彼が知りたいのは、ヴィオラが弟の愛人として適切かどうかということであり、その人生にまで興味はないだろう。ヴィオラとて、彼に知ってほしいとは思わない。

「まずは君と会って、話をしてから頼もうと考えていた」

ヴィオラは相づちを打ちながら、軽く首を捻《ひね》った。

——さて、どう言って断ろうかしら。

話はわかったが、やはり引き受けようという気持ちにはならない。

——私にはなんの得もないし、そんな時間もないもの。

それとも見目麗しい公爵閣下の愛人なら、誰でも喜んで引き受けると思っているのだろうか。

まったく、弟も弟なら兄も兄である。

「陛下、申し訳ありませんが……」

「もちろん、報酬は支払う」

「報酬……？」

ヴィオラはぱちりと目を瞬《まばた》かせた。

そしてサミュエルが提示した金額を聞くと、バンッと両手でテーブルを叩いて立ち上がった。

「五千万リベラ⁉」

白いカップがカチャリと音を立て、なかの紅茶が波打ったが、ヴィオラはそれには目もくれず前のめりになった。

「貴婦人に愛人を頼むというのは失礼な話だが、君も財政的に安定した生活を求めているようだったから、お互いに悪い話ではないと……」

「やります！　やらせていただきます！」

言葉を遮る勢いで頷くヴィオラに、サミュエルが軽くのけぞる。

ヴィオラはまっすぐに彼を見つめると、力強く言い放った。

「公爵閣下の愛人、謹んでお受けいたします！」


ヴィオラの生家であるフィランティ伯爵家は、ごく平均的な貴族だった。

際だった地位や名声があるわけでもなく、かといって大きな困難を抱えていたわけでもない。

ほどほどの田舎に、ほどほどの領地を持ち、ほどほどに豊かに暮らしていた。

父は頼りなさもあったが、温和な性格でヴィオラに優しかった。

母は気丈なしっかり者で、そんな父の支えとなり、伯爵家をしっかりと引っ張っていたと思う。

しかしヴィオラが五歳の時、母は妹を出産したあとに命を落としてしまった。

『あなたの妹よ、可愛《かわい》いでしょ？　どうかよろしくね』

それが、母から聞いた最後の言葉。

父はその後、気落ちしたところにつけ込まれて詐欺に遭い、伯爵家はあっという間に没落してしまったのである。

その父も、ヴィオラが十四歳の時に病で帰らぬ人となった。伯爵家は詐欺で負った借金を返済するため、領地も邸宅も手放しており、残されたのは名ばかりの爵位と妹のシエラだけ。

その時の心細さを、ヴィオラはいまだに忘れられない。

祖父母はとうに亡くしており、父には兄弟もいなかった。

母の生家は叔父が継いでおり、父が詐欺に遭ってからは縁を切られている。

頼りになる親戚もおらず、これから自分たちはどうすればよいのか。

普通ならヴィオラは修道院へ入り、シエラは孤児院に預けることになるが、それでは姉妹がバラバラになってしまう。

だから、ヴィオラは決意した。

『シエラは、絶対に私が守って見せる』

シエラはヴィオラに残された、たった一人の家族。

大切で、可愛い、たったひとりの妹。

ヴィオラはシエラを育てるため、懸命に働いた。

住んでいた町には裕福な商家があり、そこでメイドして雇ってもらうことができた。

辛い日もあったけれど、夜に妹を抱きしめて眠ると大抵の疲れは吹き飛んだし、嫌なことも忘れられた。

そんな日々のなか、転機が訪れたのは、いまから一年前。

地方の小領主の息子が、十五歳になったばかりのシエラに結婚を申し込んできたのだ。

彼はシエラの幼なじみ。自分たちの父が亡くなってからは疎遠になっていたが、その間もずっと、シエラを想《おも》っていたのだという。

聞けばシエラも彼を好きだというから、ヴィオラは心から喜んだ。

しかしそれから間もなく。シエラが赤痣《あかあざ》病にかかってしまった。

その名の通り、発病すると全身に赤い痣が浮かんでくるという病で、それがまるで火傷《やけど》の跡のように見えることから『火傷病』とも呼ばれている。

罹患者《りかんしゃ》のほとんどは女性で、人から人への感染はしない。命に直接関わるわけではないが、倦怠感《けんたいかん》が続き、免疫力も低下する。さらに、放っておくと子どもが授かりにくくなるという。

領主の息子と結婚するには、あまりにも致命的な病気だ。

発病から一年以内に治療を開始すれば完治の見込みは高いが、それには莫大《ばくだい》な費用がかかる。

その額、国の通貨でおよそ五千万リベラ。

王都の一等地に邸宅を持てる金額だ。

とてもではないが、ヴィオラが用意できる金額ではない。たとえ娼館に身を沈めても、一年では無理だ。

地方の小領主が出せる金額でもなく、彼の両親は『シエラの病気が治らぬ限り、結婚には反対せざる得ない』と言った。

彼自身は『両親の許しを得られないなら、シエラと駆け落ちをする覚悟だ』というが、上手《うま》くいくとは思えなかった。二人はまだ若く、世間知らずだし、シエラは病まで抱えている。

ヴィオラに結婚の話が舞い込んできたのは、ちょうどそんな折。

相手はエルマンという四十代の商人で、商談に来たところでメイドとして働くヴィオラを見初めたようだ。ヴィオラは貴族だから、その素性も含めて商人の彼には魅力的に映ったに違いない。

しかしエルマンには、殺人を除いたあらゆる不正行為に手を染めているという噂があった。

普通なら考えるまでもなく断る相手だが、エルマンはシエラが病気であることをどこからか聞きつけ、結婚すればその治療費を負担すると申し出てきたのである。

ヴィオラは一も二もなくエルマンの求婚を受け入れた。

妹たちに言えば反対されるのが分かっているから、内緒で。

シエラのことは妹の婚約者に任せ、ヴィオラはひとりで王都にあるエルマンの屋敷にやってきた。

そして結婚式を挙げたあとは、覚悟を決めて寝室で待っていたが、彼との初夜が行われることはなかった。

その夜にエルマンは自らの悪事の証拠が出て捕まると知り、ヴィオラを置いて逃げてしまったのである。

朝になって憲兵が来たときには、屋敷はすでにもぬけの殻。

ヴィオラも取り調べを受けたが、結婚一日目の金で買われた花嫁であることが分かるとすんなり釈放された。どうやらエルマンは、ヴィオラがスパイだったのではないかと疑い、屋敷に置いていったようだ。

夜逃げに同行させられるよりはマシだったものの、シエラの治療費を受け取ることはできなかった。

ヴィオラは焦った。

半年以内に治療を開始しなければ、シエラが完治する望みがなくなってしまう。

『もう一度、エルマンのような男を見つけるしかない』

だがヴィオラのために五千万リベラも出せるような人物がそうそう見つかるはずもない。

自分はすでに出戻りで、処女だと言っても信じてもらえないだろう。それだけでも、エルマンに見初められた時より不利なのだ。

だがヴィオラの手元には、エルマンから求婚の時に贈られたドレスが一着だけ残っていた。

『このドレスと、フィランティの家名を使えば、貴族の社交場に出入りできるかもしれない』

ヴィオラは、両親が生きていた頃からの友人であるアンリに連絡を取った。

彼の協力のもと社交場に出入りをするようになったヴィオラは、すぐに資産家のマルティ伯爵から求婚された。

マルティ伯爵は御年八十二という高齢で、すでに五度の離婚を経験していたが、まだまだ元気で若い女性が大好きだった。

ヴィオラがシエラの治療費を結婚の条件に出したところ、マルティ伯爵は快諾した。

いまから一ヶ月前、ヴィオラはマルティ伯爵と結婚式を挙げた。

六十一歳もの年の差がある夫婦の誕生は、社交界で話題となり、多くの貴族が挙式を見物に来たものだ。

そしてマルティ伯爵は初夜の前に倒れ、翌朝亡くなった。

死因は老衰。ヴィオラはまだ、シエラの治療費を受け取っていなかった。

この国の法律では、夫の財産を受け取るには結婚から半年が経過していなければならない。

彼の親族には財産目当てだと散々非難され、結局、端《は》切《ぎ》れひとつ貰えずに屋敷を追い出されたのである。

すっかり途方に暮れ、それでも諦めきれずにいた時に、先の宮廷舞踏会の招待状が届いた。

なぜ自分に？　と疑問を感じたものの、ヴィオラはこの機会を逃すわけにはいかなかった。

これが最後のチャンスと王宮に乗り込んだ所で、サミュエルに呼び出されたというわけだ。

「ものすごく、いい話よね……！」

王宮からの帰路、馬車のなか。

サミュエルからされた話を説明し終えたヴィオラは、ぐっと両手で拳を作った。

「僕は心配だな」

馬車の窓枠に頬杖《ほおづえ》をつくのは幼なじみのアンリ・アルバートン。

柔らかい金色の髪に、明るい緑色の瞳をした、甘い顔つきの青年だ。

画家をしているが、いまのところあまり売れていない。両親から仕事を反対されて家を出ており、現在はパトロンである女性のもとを転々としている。

舞踏会でアンリと密会していた女性もその一人で、早くに夫を亡くした後は、残された財産で悠々自適に暮らしている。アンリを可愛がって支援しているが、勘当された家の息子を公の場に連れて行くのは外聞が悪いと、舞踏会への同伴は避けたようだ。

「シエラの病気を治してやりたいという気持ちは分かるけど、ヴィオラはもう少し自分を大切にしたほうがいいよ」

その声には、ヴィオラへの気遣いが籠もっている。

「僕に財力があれば助けてあげられるんだけどね」

「なにを言っているの、私がこうして社交場に出入りできるのはアンリのおかげなのよ！　感謝しているんだから！」

アンリの肩を軽く叩いて、にっこりと笑う。

「それに、閣下の愛人はたった半年だけの期間限定なの。その後は自由になれるんだもの、お金持ちの奥さんになるより、ずっと良い条件だわ」

「だけどエルマンとも、マルティ伯爵とも、まだ初夜を迎えていないんだろう？　神様が身体を大事にしなさいって言っているんじゃないかな。ヴィオラが本当に愛する人が現れたとき、後悔することがないように」

「後悔なんてしないわ、私は誰とも恋愛をするつもりはないもの」

ヴィオラはすっと薄い青色の目を細めた。

どちらもたった一日だけだったけれど、ヴィオラは二度の結婚を経験した。

夫となった二人は、ヴィオラという人間を愛していたから求婚したわけではない。

ヴィオラが若くて、美しいから。

ヴィオラが貴族の血統だから。

自分の身を飾るアクセサリーを求めるように――あるいは夜に自身の欲望を満たすために、ヴィオラを金で買っただけ。

その証拠に、ヴィオラが逃げ出さないよう、彼らは初夜を越えるまでシエラの治療費は出さないと言った。

だからヴィオラも、彼らを利用しようと思ったのだ。

対価の分は働くつもりだが、それだけだと。

――だけど、もしもエルマンやマルティ伯爵が、私を本当に愛してくれていたなら……。

ヴィオラはきっと、その愛に応えようとしたはずだ。

それが悪徳商人でも、六十一歳の年の差があっても。

結局はヴィオラのほうが捨てられたり、先立たれたりしてしまったわけだけれど――。

とにもかくにも、それらの経験は、ヴィオラに愛や結婚への幻滅を感じさせるのに十分なものだった。

「国王陛下は、手付金として報酬の一部を先に支払うとおっしゃったわ」

シエラを完治させるには全く足りないが、それだけあれば、先に治療を開始することはできる。

ヴィオラは目を細めて、サミュエルの言葉を反芻《はんすう》した。

『弟には週に一度、君のもとに通うよう命じるので、閨を共にしてほしい』

そんなやり方では逆に女性への嫌悪感が強まるのではないかとヴィオラは心配したが、それをサミュエルに尋ねると、彼は苦笑いをした。

『他に色々と試して、これは最後の手段だ。荒療治とでもいうのかな……これ以上悪化することはないから、安心してほしい』

とにかくヴィオラは半年間、ルーファスの閨の相手を務めれば良い。

そうすれば報酬を満額手に入れられる。

幸い、いまは副作用のない良い避妊薬があるので、間違えて子供ができてしまう心配もない。

「やってみせるわ……それでシエラの病気が治るのなら」

決意を込めて呟《つぶや》くヴィオラに、アンリが心配そうに眉を寄せる。

「ルーファス様はすごく優秀だけど、その分とても怖い人らしいよ」

「……優秀な方だという噂は聞いたことがあるわ」

彼は非常に頭が切れる人物で、大学時代の成績は常に主席。

兄である国王からも非常に頼りにされていて、政治への発言力も強い。

「ルーファス様は失敗や裏切り者には一切容赦がなくて、身近な人であっても切り捨てるんだってさ」

アンリの言葉に、ヴィオラは「ふうん」となんでもない風を装って頷いた。

そう聞くと正直不安にもなるが、だからといって断る選択肢はない。

ヴィオラはふっと車窓から夜空を見上げた。

――今夜は、月が無いのね。

暗い夜だ――そう思った時、ふと脳裏にルーファスの姿が浮かんだ。

見上げるほどに背が高く、そして、ぞっとするほど美しい顔立ちをした男だった。

彼が初めてヴィオラを見つめた時、アンバーの瞳の奥に熱情のようなものを感じた。けれど、それは彼がヴィオラの名前を聞くとすぐに消え去り、瞳には凍《い》てつくような冷たさだけが残っていた。

その時の冷徹な表情を思い出し、ヴィオラはつい身震いをしたが、すぐにそんな自分を笑い飛ばした。

「まあ……きっとなんとかなるわよ！」

ヴィオラは生来前向きな性格なのだ。

——なんとかなる……ううん、してみせる！

ヴィオラはそう、夜空に向けて拳を握りしめたのだった。


「と、いうわけで！　皆さん、張り切って閣下をお迎えしましょう！」

ルーファスとの逢《あ》い引き用に与えられたお屋敷のキッチンにて、ヴィオラは元気いっぱいに両手を叩くと、溌剌《はつらつ》とした笑顔で背後を振り返った。

しかし、そこにいるのは使用人の老女アデラひとりだけ。

「……ヴィオラ様、使用人は私ひとりでございますが」

「そうでしたね！」

ヴィオラは頭に手を当て、「いけないいけない」と笑った。

——ちょっと張り切りすぎてしまったみたい！

ここは、王都の喧騒《けんそう》から離れた郊外の一軒家。

深緑のなかにひっそりと佇《たたず》むこのお屋敷は、もとは貴族が所有していた別荘のようだ。

規模は決して大きくないが、洗練された風格があり、周囲は高い塀で囲まれている。

まさに隠れ家という場所で、ヴィオラはここで半年間、ルーファスの愛人として過ごすことになる。

――そして、なんと！　愛人期間満了後にルーファス様の女嫌いが治っていたら、このお屋敷もいただけるのよ！

五千万リベラの獲得条件は、ヴィオラが半年間、ルーファスの愛人を務めあげること。

さらに彼の女性嫌いを治せれば、お屋敷もゲットできるというわけだ。やる気も漲《みなぎ》るというものである。

さらにさらに、最初に提示された報酬とは別に、毎月一定の手当まで支給されるという。

手当にはルーファスの歓待費も含まれているが、余った分はヴィオラの懐《ふところ》に入れて良いそうだ。

これら全てサミュエルの私費らしいが、あまりに太っ腹すぎる。

――陛下、ありがとうございます！

ヴィオラは王宮の方角に向かって感謝の祈りを捧《ささ》げた。

――全て上手くいけば、シエラに持参金を持たせてあげられる……！

ちなみに、サミュエルからは住み込みの使用人を複数紹介されたが、ヴィオラはアデラ一人だけを雇うことにした。人件費がヴィオラの手当から支払われるからである。

お屋敷の周辺警護は、それとは別にサミュエルが用意しているので問題はない。

「大丈夫ですよ、アデラさん！　私が十人分働きますから！」

アデラが職場環境に不安を感じることがないよう、ヴィオラは腕まくりをして言った。

「ヴィオラ様、私に敬語は必要ございませんが……」

「まあまあ、これから半年間一緒に暮らすわけですし、あまり堅苦しいことはなしにしましょう！」

「……私がそれを申し上げているのです」

奇妙な表情を浮かべるアデラを、ヴィオラは明るく笑い飛ばした。

ヴィオラはもうずっと貴族らしい生活から離れているため、年長者には敬語を使う方が自然なのだ。

――それに、愛人生活が終わって私がまたメイドとして働きに出た時、どこかでアデラさんの部下になるかもしれないし。

一時的な雇用関係よりも、未来での職場環境の方がずっと重要だ。

「では、キッチンの仕事は私が担当します！」

ルーファスがここで食事をするとは聞いていないが、念のため、軽食ぐらいは提供できるよう準備しておくべきだ。ヴィオラはさっそく仕事に取りかかった。

まずチーズとナッツのディップとアプリコットのコンポートを作り、オリーブの塩漬けと肉の燻製《くんせい》をすぐに出せるよう準備しておく。

その後は床を拭き、家具を磨き――気がついたときには、外はすっかり暗くなっていた。

「ヴィオラ様、そろそろ閣下がいらっしゃるお時間ですが……準備はよろしいのですか？」

「ええ、準備は完璧です！　見てください、お屋敷のどこを見てもピッカピカ！」

「そうではなくて……ヴィオラ様ご自身の支度でございます」

自分の仕事に満足していたヴィオラは、アデラの言葉にハッと我に返った。

――そうだった！

つい普段のようにメイド業に精を出してしまったが、今宵《こよい》のヴィオラの役割は公爵の愛人である。

ヴィオラはアデラの手を借り、慌てて支度を始めた。

「アデラさんは閣下と直接お会いになったことがあるんですか？」

アデラにドレスを着せてもらいながら、ヴィオラはふと訊《たず》ねた。

アデラは元々王宮の女官で、ルーファスも公爵を継ぐ前はそこで暮らしていたはずだ。

「ええ……まあ、私も長く王宮で女官をしておりましたから」

「閣下はとても怖い方だと聞いたんですけど……」

「厳しい方ではいらっしゃいますね」

――やっぱり怖いんだ。

アンリの言ったことを思い出し、ついつい肩が丸くなる。

「ですが、決して冷たい方というわけではないんですよ。情に厚く、兄想いの優しい方なんです。それを理解して、側で支えてくださる女性がいればよいと……私も願っているのですが」

「アデラさんは、随分とよく閣下のことをご存知なんですね」

驚くヴィオラに、アデラは「あっ」と口を手で覆った。

「申し訳ありません、私としたことが……ヴィオラ様と話しているうちに、なんだか気が緩んでしまって」

ぽつりとそう言ってから、アデラは話題を変えて会話を続けた。

「……ところでヴィオラ様、このドレスはどこの仕立屋に作らせたのですか？　美しい刺繍《ししゅう》でございますね」

「古着屋で買ったコットンドレスに、自分で刺繍を入れたんです」

「ご自分で？」

アデラがぱちっと目を瞬かせる。

――だって、ドレスって高いんだもの。

夜会に着ていくような豪華なドレスでなくとも、仕立屋に頼むと値が張る。そのための手当も支払われているわけだが――無地のコットンドレスに自分で刺繍を入れればそれなりに見えるし、断然経済的だ。

――どうせ、寝所に入ったらすぐ脱ぐのでしょうし……。

そこで、ヴィオラは不意に落ち着かない気持ちになった。

いまいち現実味がなかったが、自分はこれからルーファスと一夜を過ごすのだ。

――私……まだ処女なのだけれど、それって閣下には知られない方がよいのよね？

ヴィオラが愛人に選ばれたのは、奔放な未亡人だと思われているからだ。

考えているうちにどんどん緊張してきて、ヴィオラは胸に手を当てた。

外で馬車が停《と》まる音が聞こえたのは、その時だ。

――閣下だわ……。

不安と緊張で、胸がぎゅうと締め付けられる。

ヴィオラは深く息を吸うと、ガウンを羽織って玄関ホールまで彼を迎えに出た。

すぐに数人の護衛と侍従を連れたルーファスがホールに入ってきて、ヴィオラを見ると、こちらが底冷えするような表情を浮かべた。

けれどその態度に恐怖や不満を感じる前に――それこそ直前の緊張すら忘れて、ヴィオラは彼に見《み》蕩《と》れてしまっていた。

――やっぱり、すごく綺麗な人。

整いすぎた顔を見上げ、そんなことを思う。

ルーファスは舞踏会の時とは違い、私服を着て、前髪も下ろしている。

彼がまとう冷たい空気こそ変わらないが、今宵という状況も相まってか、匂い立つような色気を感じた。

――だけど、すごい威圧感。

無言で立っているだけで迫力があるというのは、いったいどういうことだろう。

「……ようこそいらっしゃいました」

ひとまず淑女の礼をとるが、返事はない。

無視である。

――五千万リベラ……五千万リベラ……。

ヴィオラは、心を落ち着かせる魔法の呪文を唱えた。

「ご公務お疲れさまでございました。湯を用意しておりますので、お先にどうぞ……」

「そんなものは必要ない」

ぴしゃりと短い拒絶の言葉に、ヴィオラは首を傾けた。

――え？　もしかして、湯浴《ゆあ》みは後でってこと？

それは困る。この屋敷には自分とアデラしか人手がないので、冷めた湯を再び沸かすのは一苦労なのだ。

「湯は今すぐに使われたほうがよいかと……冷めてからではきっと後悔されますわ」

湯に入りたいときに入れると思ったら大間違いだ。

「……風呂に入る間も惜しくなると？　随分な自信だな」

外套《がいとう》を侍従に手渡しながら、ルーファスが鼻で笑う。

――どういう意味？

風呂がヴィオラの自信とどう関係あるのだろう――少し考えてから、ヴィオラはカッと顔を赤くした。

「違います！　そういう意味では……！」

「御託は結構。君に話しておくべきことがある、ひとまず寝室へ」

言葉を遮られ、ヴィオラはむっと鼻の頭に皺《しわ》を作ったが、素直に彼を寝室へ案内した。

——下手に言い返して怒らせるのはよくないわ。

彼はサミュエルの命令でここに来ているが、こちらに不手際があれば、彼に帰る口実を与えることになる。そうなると五千万リベラが危うい。

人生、時には我慢も必要ということだ。

——それに、私は奔放な女性と思われている方がよいのだから、これはこれで正解なのよ。

だが、どうしてだろう。彼に冷たい言葉をかけられると、無意識に反論したくなるのだ。

自分の心に歪《ゆが》みができて、そこから強い感情が湧き上がってくるような……。

と、そんなことを考えているうちに寝室に到着した。

ヴィオラが扉を開けると、ルーファスの表情がさらに不機嫌そうになる。

「部屋が暗すぎないか……」

確かに、明かりは間接照明が一つだけですでに薄暗い。

ヴィオラはすっと目線だけで彼の表情を盗み見ると、ひそかに息を呑んだ。

——蠟燭《ろうそく》代を節約したのがバレたかしら。

いや、決してケチったわけではない。

行為をするならすぐに明かりを消すだろうし、蠟燭も最小限で構わないと思っただけだ。

「いつもこうやって男を誘っているのか？　あまりやる気を見せられても、男は引くだろう」

どうやら、蠟燭代の節約について怒っているわけではなさそうである。

ほっと胸を撫《な》で下ろしつつ、ヴィオラは先ほどの反省を活《い》かし、余裕を見せて微笑《ほほえ》んだ。

「ここは男女が秘密を交わす場所……せっかく夜のベールが私たちを隠してくれているのに、わざわざ明るくすることもないかと思います」

――うん、それっぽい対応ができたわ。

自分の台詞《せりふ》回しに満足して寝室の扉を閉めると、廊下の明かりが遮断され、視界はさらに暗くなった。

ルーファスの小さなため息が暗闇に響く。

そして次の瞬間、ヴィオラは彼によって両手首を拘束され、背後の壁に押し付けられていた。

「……閣下？」

暗闇に煌々《こうこう》と浮かび上がるアンバーの瞳が、きつく、冷たくヴィオラを睨《にら》み付ける。

「いいか、私は君を抱くつもりはない」

「……え？」

「いかに陛下とはいえ、閨のことにまで口を出されるいわれはない。命令されたゆえ、臣下としてここに来るまでは受け入れたが、私は君に興味が無いし、抱くつもりもない。君が手練手管で私を籠絡しようとしているのなら、それは全く無駄なことだ」

低い声が紡ぐ、威圧的な言葉。

これほど近くで男性から睨まれ、敵意をぶつけられるなど初めてで、ヴィオラは恐怖を感じた。

──とても怖い。

手足の指先が緊張でひやりと冷たくなっているのが自分で分かる。

いますぐこの場から逃げ出したいと思うのに──どうしてだろう、ヴィオラはなぜか、彼の瞳から目をそらせないでいた。

──閣下を、よく出来た彫像のように美しい人だと思っていたけれど……。

ヴィオラはいま、その認識を改めざるを得なかった。

彼の美しさは──特に琥珀色の瞳が放つ光の鮮烈さは、人の手で生み出せる類いのものではない。

怒り、憎悪、軽蔑──あらゆる感情を内包した、あまりに生々しく、だからこそ激しい光。

「……聞いているのか？」

憮然《ぶぜん》とした声で問われ、ハッと我に返る。

「申し訳ありませ……ああっ！」

だが慌てて謝ろうとした矢先、彼の背後にある暖炉が目に入った。

──暖炉の火が消えかけているわ……！

原因は明確である。薪《まき》を節約しすぎたのだ。

季節は春先。まだ夜は肌寒いが、ヴィオラひとりなら十分耐えられる程度。

今夜はルーファスが来るので仕方なく暖炉に火を入れたが、『人肌はあったかいというし、行為をするならそんなに部屋もあたためなくていいわよね？』と経済的発想から薪の量を減らしてしまった。

「……それにしても、この部屋は寒くないか？」

ルーファスまで急に冷静になってそんなことを言い出すものだから、ヴィオラは焦った。

――まずいわ、ただでさえ閣下は怒っているし、寝室に火もないなんて、馬鹿にされたと思われるかも……。

「なんだ、火が消えているではないか……」

「だ、抱き合えばすぐに暖かくなるでしょうし、火など必要ないかと思いまして！」

ルーファスを侮《あなど》っているわけではないと伝えたかったのだが、言ってから、たった今同じような発言で彼を不快にさせたのだと思い出した。

「しかし閣下がお望みなら、すぐに火をお点《つ》けいたしますわ！　薪を用意してまいりますから、少々お待ちくださいませ！」

言うが早いか、ヴィオラは寝室を飛び出した。

そして薪を両手いっぱいに抱えて戻ってくると、急いで暖炉に火を点ける。

――良かった、薪を用意している間に、閣下が怒って帰ってしまうかもと思ったけれど。

幸いルーファスはまだ部屋におり、ソファに座ってじっとこちらを見ている。

――でも、閣下は私と閨をともにするつもりはないって……その場合、五千万リベラはどうなるのかしら。

不安を感じて丸くなるヴィオラの背中に、ルーファスの視線が刺さる。

――すごく見られている……。

もしかすると、部屋が暗いから目を凝らしているのかもしれない。

――部屋が暗いことも怒っていらしたし、もうちょっと明るくしておこう……。

だが寝るだけの部屋を明るくするというのは、ヴィオラにはとんでもない贅沢《ぜいたく》だ。

しかも部屋の蠟燭は全て高価な蜜蠟だ。なにもかも無駄遣いにしか思えず、蠟燭に一つ火を灯《とも》す度に、ヴィオラの胃はキリキリと痛んだ。

「なぜ使用人を呼ばない？」

血を吐くような思いで蠟燭に火を灯しているところに、ルーファスから声をかけられた。

「なぜ……と言われても、アデラはいま他の仕事をしていますし……」

正確には、ルーファスが急に湯を使いたくなった時のために準備をしてくれている。

「まさか、ここにはアデラしか使用人がいないのか？」

「ええ、まあ……」

「なぜだ？」

――なぜだ？

そんなことを聞かれるとは夢にも思わず、ヴィオラは目を泳がせた。

――だって、使用人はアデラさん一人で十分なんだもの……。

屋敷は広いが、ここで日常生活を送るのはヴィオラのみ。

ヴィオラにもメイドの経験があるから、こうして十分対応できている。

――でも……考えたら、貴族の女性って自分で身の回りのことをしないわよね。

考えなくとも分かることかもしれないが、ついつい目先の利益に目が眩《くら》んだのである。

こういう状況を予測して、せめてもう一人、使用人を雇っておくべきだった。

「あー、まあまあ……」

返答に迷った末、ヴィオラは適当に誤魔化《ごまか》すことにした。

もちろん上手くいくはずがなく、すかさずルーファスから質問が飛んでくる。

「君はすでに二度の結婚をしたと聞いた、それに間違いは？」

「……ございません」

「一度目はあの悪徳商人エルマン、そして二度目はマルティ伯爵……世間は、君は財産目当てで結婚したに違いないと言っているが？」

「世間の言うとおりです、私は財産を目当てに二度の結婚をいたしました」

彼の声は明らかに不審がっており、ヴィオラは振り向く勇気を持てず、作業をしながら答えた。

――まるで取り調べだわ。

ヴィオラをあやしいと思っているのか、サミュエルの意図を測りかねているのか。

「マルティ伯爵は腹上死だったというものもいるが？」

「……ご想像にお任せいたします」

これは真実ではないが、ヴィオラは処女ではないと思われた方が良いので、あえてそう言った。

――マルティ伯爵には不名誉な嘘《うそ》だから、申し訳ないけれど……。

愛人期間が無事に終わったら、サミュエルを介してでも否定しておこう。

「奇妙だな。君が性悪な女性なら、私の話を否定しそうなものだが……これも君の手管《てくだ》なのか？」

低い声で問われ、胸がどきりとした。

「さ……さようでございます、手管ですわ！　引っかかりましたわね、閣下！」

頷いてから、ルーファスの言う通りならここで否定すべきかもしれないと考え――考えているうちによく分からなくなって、ヴィオラは駆け引きを諦めた。

――無理だわ、私、こういうの苦手だもの！

頑張れば頑張るほど墓穴を掘る未来しか見えない。

――まあ、なるようになるわよね……！

振り返ると、ルーファスは先ほどまでとは違う、どこか困惑したような表情を浮かべていた。

分からない程度に蠟燭を間引いてはいるものの――明かりが灯った寝室に、暖炉のぬくもりがじわりと広がって、部屋の空気も心なしか柔らかく感じる。

「君は、聞いていた人物と随分違うようだ」

ルーファスがひとつため息をつき、手で前髪をかきあげる。

「……あらためて話がしたい、君も座ってくれ」

ヴィオラが向かいのソファに腰掛けると、ルーファスも姿勢を正した。

彼は軽く足を開いて座っているが、よく見ると脚が長すぎてテーブルにぶつかっており、少し窮屈そうだ。

テーブルとソファの距離をもう少し取っておくべきだった。

「先ほども言った通り、私がここに来たのは陛下の命令があったからで、君を抱くつもりはない」

つい使用人目線になっていたところに声をかけられ、ヴィオラは慌てて「はい」と頷いた。

「妙な期待はせず、私に構わないでほしい。これだけ伝えるつもりだったが、先ほどはつい頭に血がのぼり……手荒な真似《まね》をしてすまなかった」

彼の視線は、ヴィオラの手首に注がれている。

――あ、私の手首を掴《つか》んだことを気にしておられるのかしら……。

だとしたら、彼はヴィオラが感じていたほど冷たい人間ではないのかもしれない。

「いえ……私も失礼な態度をとってしまいましたから」

ヴィオラも冷静になって、頭を下げた。

「私と閨をともにされないということは、閣下はもう、ここに通われないということでしょうか？」

そうなると心配なのは報酬のことだが、彼に聞くわけにもいかない。

「君の方は、陛下からなんと言われてこの役を引き受けたんだ？」

「私は……」

なんと答えようか、ヴィオラは視線を左右に揺らした。

――報酬のことは、閣下に秘密なのよね……。

『いくら私費とはいえ、愛人を用意するのに五千万リベラもかけたと知られたら、ルーファスに怒られてしまう』というサミュエルの言葉を思い出し、口元に手を当てる。

「閣下は女性がお嫌いで、それを治してほしいと陛下からお話がありました。半年は閣下を通わせるから、その間に私が閣下の寵愛《ちょうあい》を得られれば、そのまま愛人を継続できるとも」

真実と、思いつきの嘘を織り交ぜて話す。

「閣下の愛人になれる可能性があるなら、受けない手はないと思ったのです。公爵様の愛人ともなれば、社交界への影響力は大きいですし、贅沢な暮らしもできますでしょう?」

「……ならば、これ以上は君にとって時間の無駄だ。私は女性嫌いを治したいとも、愛人が欲しいとも思っていない。今夜一晩ここで過ごした後は、なんとかうやむやにしてやり過ごすさ」

ルーファスの表情は、はっきりと不快そうだ。

「だいたい、もしも私の女性嫌いが治ったなら、結婚相手にはそれなりの身分の女性が選ばれる。はじめから愛人がいるなど許されるはずがない。君は陛下に騙《だま》されているんだ」

「それは……」

「陛下も、今回の件はやりすぎだ」

よほど腹に据えかねているらしく、一人ごとに近い口調で続ける。

「私の女性嫌いをなんとかしようと、あの手この手は以前からだが……さすがに黙って愛人宅を用意するのはいきすぎている」

確かになあ、と思ったので、ヴィオラは黙って頷いた。

「これをやりすごした所で、次はなにをしてくるか……いいかげん諦めていただきたいものだ」

その瞬間、ぱっと閃《ひらめ》いた。

「ならば、私を愛人にしたフリをされてはいかがですか？」

「……フリ？」

「そうすれば、少なくとも半年間、閣下は心静かに暮らせます」

単なる思いつきだったが、言葉にしてみると自分でも良いアイデアだと思った。

――これなら、私も問題なく五千万リベラを受け取れるわ。

女嫌いは治らないだろうから、お屋敷は貰えないが、最初からそれは欲張りすぎだったのだ。

「それに、愛人を作ったけれど女嫌いは治らなかったと言えば、陛下も諦めてくださるかもしれません」

「そんなことをして、君になんの得がある？」

「ええ……っと、そう、閣下の信頼が得られます！」

首を傾け、天井を見上げながら、なんとかそれらしい言い訳を絞り出す。

「信頼……」

「そうです！　愛人にはなれずとも、閣下とお近づきになれるなら、私にも利はあります」

「つまり、愛人ではなく友人になりたいと？」

ヴィオラは大きく頷いた。

公爵とお近づきになりたいと願う者は多いから、言い訳として無理はないはず。

「なるほど、君にも利があるというわけだ」

「さようでございます」

「確かに、私にとってはありがたい話だが……」

ルーファスが、当惑したように視線を揺らす。

「君が良いなら、そうしよう」

「では……！」

「ああ、この半年、私は君の愛人ではなく、友人としてここで過ごすことにする」

「ありがとうございます！」

ヴィオラはぱっと顔を輝かせた。

——でも閣下と閨を共にしたフリをするというのは、雇用主である陛下を裏切ることになるのかしら。

口元に手を添え、「うーん」と唸る。

——だけど、まずは閣下に通ってもらわないと話にならないのだし、いざそうなったら閨を共にす

る覚悟はあるわけで……。

うん、ここは大目に見てもらえる気がする。

甘いジャッジをくだして頷くヴィオラに、ルーファスが声をかけた。

「君は、くるくるとよく表情が動くな」

彼の表情はどこか感心しているようで、口元には僅かだが笑みのようなものまで浮かんでいる。

その時、どういうわけか、ちりっと焼け付くようにヴィオラの胸が熱くなった。

――何かしら……。

胸を両手で押さえて、首を捻る。

――まさか……彼に恋をしたとか？

いや、それは本当にまさかだ。

ルーファスは最初に感じたほど恐ろしい人ではなかったけれど、出会ってからまだ間もない。

それに、彼の前に立つと心臓が普段と違う動きをするのは初めからだ。

――私が閣下に恋をしたなら、それは一目惚《ひとめぼ》れをしたってことになるわ。

そんなことを考えて、ヴィオラは口元に薄い笑みを浮かべた。

一目惚れとは、つまり相手の容姿だけを見て人を好きになるということ。

けれど、そんなものは恋でもなければ、愛でもない。

芸術品を欲するのと同じ、単なる所有欲だ――二人の元夫が、ヴィオラに対して抱いたのと同じように。

「しかし……愛人のフリをするとなると、アデラを騙す必要があるな」

「アデラさんを？」

きょとんとするヴィオラに、ルーファスが肩を竦《すく》める。

「アデラは私たちが子どもの頃から側に仕えている女官だ」

どおりで、アデラがルーファスのことをよく知っていたわけだ。

「おそらく、陛下が君の監視のために送りこんだのだろう」

「監視……」

ヴィオラは思わず目を瞬かせた。

――考えてみれば、そりゃ監視ぐらいおくわよね。

ヴィオラがきちんと勤めを果たしているかどうか――だけではなく、危険な物を持ち込んでいないか、ルーファスに危害を加えようとしていないか、男を連れ込んでいないか、などなど。監視しておきたいことは山ほどあるはず。

――だとしたら、アデラさんひとりだけを雇うと言ったときは怪しまれたでしょうね。

それが許されたのは、アデラがそれだけの能力を持っているからだろう。

「アデラの手前、私たちの寝室は分けないほうがいい」

「では私はソファで眠りますから、閣下はどうぞベッドをお使いください」

「馬鹿を言うな、君がベッドを使いなさい」

「いえ、そんなわけには……」

さすがに王族をソファに寝かせて、自分ひとりベッドで安眠はできない。

ヴィオラが渋ると、ルーファスは短く息を吐いて肩を竦めた。

「ならば二人でベッドを使えばいい」

「ですが……閣下は女性が苦手なのですよね？　私と一緒のベッドは抵抗があるのではありませんか」

「密着して眠るわけではないんだ、問題ない」

なるほど、とヴィオラは頷いた。

――それなら、一緒にベッドを使った方がアデラさんの目も誤魔化せるわね！

「分かりました！　私の寝相は良いので、どうぞ安心してください！」

自信満々のヴィオラに、ルーファスは今度こそはっきりと口元に笑みを浮かべた。

「ああ……そうさせてもらおう」

ダメだ、やはり胸の高鳴りを感じる。

――違うわ……これは、閣下がこんな風に笑うとは思わなかったから。

自分にそう言い聞かせてから、ヴィオラはなんでもないように微笑んだ。

「閣下にはどうか、本当の友人の家に通うようなつもりでここにいらしていただけたら！」

「友人ね……」

「そうだわ、軽食を用意してあるのです！　すぐに用意してまいります」

落ち着かない心を誤魔化すように、ヴィオラは努めて明るくそう言った。

ルーファスが姿勢を崩し、ゆったりとくつろぐように肘掛けにもたれる。

そして美しい顔をヴィオラへ向けると、穏やかに頷いた。

「ああ……よろしく頼む」


「ルーファス様が仕事をさぼっておられる」

王宮の厩舎《きゅうしゃ》で愛馬の被毛を整えていたルーファスは、聞こえてきた呆《あき》れ声に手を止めた。

振り返った先にいるのは、栗色《くりいろ》の髪に瞳をした、ルーファスと同じ年頃の男性。ルーファスの腹心の部下ハリーである。

「人聞きの悪いことを言うな、私の仕事はすでに終わっている。黙って執務室に残っていても、次から次へと仕事を押しつけられるだけだからな」

ルーファスがオンズワルト公爵家を継いでから数ヶ月経《た》つが、王弟の責務が消えるわけではなく、いまでもよく宮廷に呼ばれて公務をしている。

だが執務室にいると、ルーファスを頼りにする役人たちがひっきりなしに押しかけてくるため、次の会議までこうして時間を潰しているのだ。

ルーファスは肩を竦《すく》めると、愛馬に軽く寄りかかった。

「馬の世話をしているほうが、ずっと有意義だ」

飄々《ひょうひょう》と言い放つルーファスに、ハリーは短い息を吐いた。

「まあ……閣下がその調子なのはいまに始まったことじゃないですしね」

ハリーは慣れた様子で苦笑いを浮かべた。

彼はルーファスの部下であると同時に、学生時代の友人でもある。二人きりの時はこうしてくだけた口調になるが、それはルーファスが望んでのことだ。

「ひとまず、閣下がお求めになっていたルシブの調査資料は、執務室に届けておきました」

「ありがとう、ご苦労だった」

ハリーの報告に、ルーファスは片手を上げてその労をねぎらった。

ルーファスが外交使節としてルシブに滞在していた間、ハリーも行動を共にしていた。

だが帰国に際し、ルーファスにルシブでやり残した仕事があったため、ハリーが残って引き継いだのだ。

二人はこれが約ひと月半ぶりの再会となる。

「それで、閣下。噂の未亡人はどうだったのですか？」

ハリーはルーファスのいる馬房に歩み寄ると、声を潜めて訊ねた。

噂の未亡人とは、もちろんヴィオラ・フィランティのことだ。

彼女とのことは公《おおやけ》にしていないが、ルーファスは特に口止めもしていない。

――部下との久々の再会で交わされる話題が女性のこととは……。

厩舎で仕事の話はできないというのもあるが、苦い気持ちになる。

「……帰国したばかりで、随分と耳が早いことだな」

なんとなく癪《しゃく》に障ったので、ひとまず嫌味《いやみ》を返す。

「仕事以外で女性から声をかけられると不機嫌になる閣下が、陛下の命令とはいえ愛人を持ち、しかも通うおつもりだというのは大事件ですから」

ハリーが肩を竦める。

「しかも、お相手はよりによってあのエルマンの……」

言いかけた部下を、ルーファスは視線で制した。

それは、誰が聞いているかわからない場所でしていい話ではない。

ハリーもすぐに気付いて、軽く咳払《せきばら》いをした。

「陛下は、閣下に愛人を作らせるという荒療治で女性嫌いを治そうとお考えだとか」

「ああ、陛下にも困ったものだ。少なくとも半年は通えと仰せだ」

「閣下のことだから、陛下の手前一度だけ通って終わりにするつもりかと思っていたのですが……彼女によほどの魅力があったのですか？」

「そうだな……彼女は奇妙な女性だった」

「奇妙？」

ハリーが怪訝《けげん》そうに首を傾《かし》げる。確かに『奇妙』という言葉では相手に伝わらないだろう。しかし、他に適切な言葉も出てこない。

ヴィオラ・フィランティという女性は、紛《まぎ》れもなく、『奇妙』な女性なのだ。

「お相手はあのヴィオラ嬢なのですよね？　悪徳商人エルマンに嫁いで捨てられ、その後、老いたマルティ伯爵に嫁ぎ、初夜に腹上死させたという……」

彼女の二度にわたる結婚は、面白おかしいゴシップとしてルシブにまで届いていた。

ルーファスは興味がないので聞き流していたが、それでも名前と簡単な経緯ぐらいは知っていた。

「私も調べてみたが、その経歴に間違いはないようだ」

「ヴィオラ嬢のことは、陛下がお選びになったんですよね」

ハリーの問いかけに、ルーファスは小さく頷いた。

「そうだ、はじめは陛下の悪い癖が出たと思い、困ったものだが……」

サミュエルのことは主君として、兄として尊敬しているし、家族として愛情も抱いている。

ただ、時々発作のように自分を結婚させようとするので困りものだ。

今回はルシブの王女からの求婚という、存外にいい話があったからだろう。いきなり『お前に女性を用意したから、しばらく通うように』と言い出し、しかも相手があの『ヴィオラ・フィランティ』

だと言うので、ルーファスもつい頭に血が上ってしまった。

——私は女性嫌いを治したいとも、結婚をしたいとも思っていないと、なんども説明しているというのに。

しかし兄は『公爵家を継いだのに、いつまで我儘《わがまま》を言う気だ』と取り合わない。

——前の公爵だった叔父上とて、自分の子はいなかった。

叔父は跡継ぎを作らなかったのではなく、恵まれなかっただけだが、結果的には同じことだ。

——政略結婚などせずとも、私は自分の働きで、兄上の力になれる。

ルーファスは兄にそれを分かってもらい、生涯を独身で通したいと思っている。

まずは王女との縁談を破談にもちこまねばならず、考えはあるが、それにはしばらく時間がかかりそうだ。

その期間をヴィオラのもとでやり過ごせることになったのは、はっきりと幸運だった。

「でも、ヴィオラ嬢は思っていたような人物とは違ったということですね？」

ハリーの問いかけに、ルーファスは思考を兄からヴィオラへと戻した。

「ああ……」

ヴィオラのもとに通い始めて二週間。

ルーファスは初日を含め、これまで二度、彼女のもとを訪れていた。

「なんといえば良いか……彼女は、まるで歴戦のメイドのようだった」

「……は？」

「暖炉の火を熾《おこ》すのも、部屋の支度も妙に手慣れている。初日はソファとテーブルの間が狭くて窮屈だと感じたが、次には完璧に修正されていた」

「……なにを仰《おっしゃ》っているのかよく分かりませんが、ヴィオラ嬢の屋敷には使用人がいないのですか？」

「彼女と逢瀬《おうせ》を交わす場所は、兄上が提供しているようだな。警備は厳重だが、使用人はアデラ一人しかいない」

「アデラさんだけ？」

アデラはサミュエルの乳母であり、自分も子どもの頃から世話になっている。現在は王宮の女官長という立場にあり、ハリーも良く知っている人物だ。

そのアデラがヴィオラのもとへ派遣された意味は明らかで、ハリーもあえてそこには触れず、言葉を続けた。

「アデラさん以外、みんな逃げちゃったんじゃないですか？」

「そうだろうか？」

頷くでもなく、否定するでもなく、そう言って首を捻ったのは、ルーファス自身もそれを疑い、まだ結論を出せずにいるからだ。

「他にも奇妙な点はある、初日に彼女が軽食を出してきたのだが……」

公式の場ならともかく、私的な席では普通、王族といえど毒味はめったに行わない。

しかしルーファスは過去のある出来事を切っ掛けに、女性から出されたものは必ず毒味させると決めている。

それをヴィオラに伝えると、彼女は『では私が毒味をいたします』と言って、結局全部一人で平らげてしまったのだ。

『あっ、申し訳ありません！　美味《おい》しくてつい全部食べてしまい！　緊張していてわからなかったけど、お腹《なか》が空《す》いていたみたいで。ほら、一口なにか食べると、お腹が空いてくるってことありますよね……申し訳ありません！　すぐに新しいものを用意してまいります！』

ヴィオラは空になった皿を見て我に返ったようで、顔を青くして言い訳をしたり、謝ったりしていた。

と、いう話をすると、ハリーはあからさまに顔をしかめた。

「なんですか、それ……閣下、彼女にもてあそばれているのでは？」

――やはり、そうなのか？

今度は声には出さず、けれど、心のなかでしっかりと首を捻《ひね》った。

かくいうルーファスも、あれから何度も考えている。

全てはヴィオラの手管で、自分はただそれに翻弄されているだけではないかと。

事実ルーファスは彼女を奇妙に感じ、当初の不信感もいつの間にか消えていた。

そして、くるくるとよく回る表情をそう――。

「可愛い……」

「なにかおっしゃいました？」

「いや、なんでもない……」

うっかり心の声が漏れていたことに気づき、誤魔化すように馬のたてがみを撫《な》でる。

――彼女の手管なのか、疑わしい点はまだある。

彼女とは話し合いを通じ、双方の利益のために半年間は愛人関係にあるフリをしようという結論にいたった。

監視役でもあるアデラを誤魔化すため、同じベッドで眠ることにしたのは良いが、それから一晩中、ルーファスは彼女の寝相に苦しめられることになったのだ。

――なにが『私の寝相は良いので、どうぞ安心してください！』だ……。

ヴィオラはベッドに入ると、ほんの数秒で寝息を立て始めた。

そして広々としたベッドの反対側にいたルーファスの所まで転がってきて、後ろからぎゅっと抱きしめてきたのである。

『やはり、すべて私に取り入るための計画だったか』

友人だなんだというのは、自分を引き留める口実に過ぎなかったのだ。

ルーファスは驚くよりも納得し、低い声で彼女に『離れろ』と凄《すご》んだ。

しかし彼女はすやすやと寝息を立てるだけで答えない。すぐに本気で眠っていると気づき、彼女の肩を軽く叩いたり、揺り起こそうとしたりしたが、『今日はもうお腹いっぱいですので』という寝言でお断りされてしまった。

そうこうしている内に、ルーファスの心には、また別の感情が湧き起こった。

彼女の寝間着は目的が目的なだけあって生地が薄く、露出も多い。密着していると、彼女の身体の輪郭がよく分かる。その柔らかさも。

普段は女性に触れられても嫌悪感しかないが、どういう理由かヴィオラは別なようだった。

ルーファスは怒りを——怒りに似た困惑を覚え、ヴィオラの腕と足を無理やり引き離し、彼女をベッドの反対側へと転がした。

勢い余ってベッドから落としてしまうかとヒヤッとしたが、彼女は器用に、ぴたっと落ちる直前で止まった。

『やはり寝たふりをしているのではないか?』

いよいよ疑問に思い、彼女の顔の前でひらひらと手を振ってみたが、幸せそうな寝顔に変化はない。

疲れを感じたルーファスは、その夜はもう休むことに決めた。だが横になった途端、ヴィオラが再びこちらに転がってきたのである。

『いったいなんなんだ!』

背後から抱きつかれ、ルーファスはこめかみをひくつかせて振り返った。

『シエラ……』

小さな寝言が聞こえてきたのはその時だ。

『シエラ？』

女性の名前だ。この国ではごく一般的な、よくある名前。

『大丈夫……お姉ちゃんが……一緒にいるから……』

妹がいるのか。

自分でも酷《ひど》いと分かっているが、ルーファスはその時に初めて、彼女がただの噂話《うわさばなし》の対象ではなく、大切な家族を持つ一人の人間であると理解できた気がした。

『だから……安心して……巨大な……ホールケーキだけれど……二人なら食べきれる……』

『……なんの夢を見ているんだ』

不思議なもので、その些細《ささい》な心境の変化により、ヴィオラの寝相に抱いていた不快感が消えた。

同時に彼女を引き離す気も失《う》せ、気がつけばうつらうつらと、朝になっていたのである。

翌朝、目が覚めたときには、ヴィオラはいつの間にか元の位置に戻っていた。

『なるほど、それで自分では寝相が良いと思っているわけだ』

少しばかり苛立《いらだ》ちを覚えたものの、ルーファスはヴィオラを責めなかった。

理由は自分でもはっきりしない。昨夜のことが気まずかったのか、それとも——。

——私は彼女の奇妙な寝相を、また味わいたかったのか？

事実、二回目の夜も、ルーファスは抵抗せずに彼女の抱擁を受け入れた。

——そもそも、初めて彼女を見たときから、私は少しおかしかった。

あの宮廷舞踏会で、ルーファスは確かにヴィオラの姿に目を奪われた。

その理由についても、まだ掴みかねている。

ヴィオラは美しい女性だ。

しかしルーファスは、女性の――人の美醜に対して興味がない。

ルーファス自身も含め、周囲に美形が多いので、それに慣れてしまっているとも言える。

そして、周りと比べて、ヴィオラが際だって美しいというわけでもなかった。

――いったい、私は彼女のどこに目を奪われたのか。

あえていうなら、彼女の瞳だろうか。

よく晴れた日の水平線で、空と海が交わる境界に輝くような、明るく、澄み渡った青色の瞳。

ルーファスがルシブで過ごした一年間、祖国を想って海を眺めたときに目にした色だ。

――あれは国を離れていたがゆえの郷愁だったのか？

考えても分かる気はせず、ルーファスは軽く頭を振った。

つまりルーファスはヴィオラのことを理解できず、彼女を前にしたときの自身の心の動きについても、良く分からないでいるのだ。

――今日も、彼女のところへ行ってみるか。

水が流れるように、物が上から下へと落ちるように。

ヴィオラのことを考えているうちに、自然とそういう気持ちになった。

今日は約束の日ではないが、彼女と自分は一応愛人関係にあるわけで、通っていけない日はない。

――奇妙なのは私だ。

生涯、女性とは深く関わらずに生きていこうと決めていたのに。

女性にはうんざりだと、あれほど強く思い、反感まで抱いていたというのに。

認めるしかない。

ルーファスはいま確かにヴィオラに興味を抱き、会いたいと感じていた。


夕暮れ時。

ヴィオラが庭で育てているレタスにラディッシュ、スナップエンドウに水をやっていると、塀の向こうから馬のいななきが聞こえた。

――もしかして、閣下？

不意をつかれて、ヴィオラは目を見開いた。

どういうわけだろう、今日は彼が来る予定の日ではないのに。

すっかり油断していたから、服装は着古したドレスだし、髪も適当に束ねただけで色気もなにもない。

――なにより、今日はアデラさんがいないのよ！

アデラは住み込みだが、今日はたまたま休みで自身の家に帰っている。

ヴィオラは慌ててドレスの裾についた土汚れを払い、束ねた髪を解いて手櫛《くし》で整えた。

小走りに邸宅の正門へと向かい、来客を出迎える。

馬上の人物は予想通りルーファスで、ひとり見慣れぬ従者を連れていた。

——いえ、従者という身なりではないはね。

服装の格式が高い。ルーファスの側近だろうか。

「……まるで畑仕事でもしていたような格好だな」

ルーファスは馬丁に馬を預けつつ、ちらりとヴィオラを一瞥して言った。

ちなみに、馬丁をはじめとする屋敷の外務を担う使用人の手配はサミュエルが行っている。

「申し訳ありません、閣下がいらっしゃるとは思わず、身支度が出来ておりませんでした……」

ヴィオラは裾に残った土を払いながら、小さくはにかんだ。

屋敷の敷地は広く、一部は庭として美しく整備されているが、手つかずの場所も多い。もったいないので、半年以内に収穫できる野菜を選んで栽培を始めたのだ。

アデラは驚いていたが、とくに苦言を呈すこともなく、菜園の世話をよく手伝ってくれている。

「その、実は今日はアデラさんがお休みで……」

「代わりの使用人はいないのか?」

「はい……」

「構わない。夕食は済ませてあるし、寝床さえあれば良い」

ルーファスはあっさり頷くと、側近と思わしき男性に目配せした。

「分かっただろう、ハリー。満足したなら仕事に戻れ」

ハリーと呼ばれた彼の部下は、ルーファスからそう言われると、不思議そうな目でヴィオラを見つめながら頷いた。

――なにかしら？

疑問に思ったが、すぐにそんな場合ではないと思い直した。

これから、ひとりでルーファスをもてなさなくてはならないのだ。

まずルーファスを客室に案内し、続いて彼の護衛と従者をそれぞれの部屋へ案内する。

――ええっと、寝室の掃除と、風呂の用意……軽食もあったほうが良いわよね。

慣れているとはいえ、全てひとりでやるとなると大変だ。

ヴィオラは急いで寝室と風呂の用意を済ませ、キッチンで軽食の支度にとりかかった。

「……なにか手伝おうか？」

背後から、壁をこつんと叩く音と同時にルーファスの声がした。

「閣下！　申し訳ありません、支度が遅くなって……」

「いや、こちらこそ、急に来て悪かった」

ばつの悪そうに琥珀色の双眸を細める彼に、胸がどきりとした。

彼は、こんな表情もするのか。

「私が寝るだけで良いといっても、君はそういうわけにはいかない。私の配慮が足りなかった。使用人が少ないのは分かっていたのだから、先に一報を入れるべきだった」

慌ただしく動き回るヴィオラを見て、申し訳ない気持ちになったらしい。

「私の護衛と従者は帰らせたから、今夜ここに滞在するのは私ひとりだ。これで、君の負担も少しは軽くなるだろう」

ルーファスの言葉に、ヴィオラは「えっ？」と声をひっくり返した。

「そんな、よろしいのですか？」

「問題ない。私の身の回りのことは君がやってくれているし、屋敷には護衛もいる。それとも、従者は残らせて手伝いをさせたほうがよかっただろうか？」

ヴィオラは首を横に振った。

「お気遣いありがとうございます……今後はアデラさん以外の使用人も雇うようにいたします」

「アデラ以外は気に入らず、みんなクビにしたんじゃないのか？」

「さ、さようでございました！　ですが、ここは……」

ぐっと堪えて、身銭を切るしかない。

――そもそも支度金としていただいているお金なのだから、身銭でもないのだけれど。

それは分かっているが、使わなければ自分のお金になると思うと出費に感じるのだ。

「そんな顔をするほど嫌なら、このまま他の使用人は雇わなくていい。私はさして困っていないし、どちらかというと……」

「どちらかというと？」

彼が区切った言葉を、なにげなく拾い上げて繰り返す。

しかしルーファスは頭を振ると、薄い唇に自嘲のようなものを浮かべた。

「なんでもない。それよりワインのつまみを作っているのだろう、私が手伝おう」

「閣下にそんなことをさせるわけにはまいりません！」

「これでも、狩りなどで野営をするときには自分で料理を作る……趣味なんだ」

「料理が、趣味」

珍しい王族もいたものである。

「さあ、指示をくれ。私は芋の皮むきも得意だぞ」

ルーファスはすでに上着を脱いでおり、シャツの袖を捲《まく》り上《あ》げてヴィオラの隣に立った。

――本当にいいのかしら。

ヴィオラは首を捻ったが、自分でも感心することに、すぐに『まあ本人が言っていることだし』と気持ちを切り替えられた。

「では、そちらのサラミを薄切りにしていただいてもよろしいですか？」

「承知した」

自分から申し出ただけあり、ルーファスの包丁づかいはなかなか見事だった。

「閣下は、変わっていらっしゃるのですね」

思わず呟くと、ルーファスは酸っぱい葡萄《ぶどう》でも食べたような顔をした。

「君にそう言われると、自分がとんでもなく風変わりな人間に思えるな」

「……どういう意味でしょう」

ヴィオラは唇を軽く尖らせ、それから笑みを浮かべた。

――そう、閣下は風変わりだわ。

愛人契約を交わしてから、彼と会うのはこれが三度目。

舞踏会での一瞬の出会いも含めると、四度目になる。

その間に、ヴィオラが彼に抱く印象も大きく変わった。

――出会ったときは、ただ冷たく、失礼な方だと思ったけれど……。

意外にも彼は寛容だった。

ヴィオラが失礼な行動――寝室の薪や蠟燭を節約したり、毒味で食事を全て食べたりしても怒ることはなかったし、むしろ面白がっているように見えた。

もちろん呆れている部分もあるだろうが。

ちなみに、このひとつ前に会った時は、特筆すべき出来事は起こらなかった。

会話らしい会話もなかったが、ルーファスはずっと紳士的だったし、ヴィオラは彼に対する見方をあらためた。初対面で感じた印象は、彼の側面でしかなかったのだと。

いまこうして並んで食事の準備をしていることを思うと、ルーファスにも、共に過ごす時間のなかでなにかしら心境の変化があったのだろう。

――一緒に料理をするなんて、なんだか本当に閣下と友人になったみたい。

塩漬けにしたオリーブを瓶から取り出しつつ、そんなことを思う。

「オリーブの塩漬けか、美味しそうだな」

ふいにルーファスが手元を覗《のぞ》きこんできた。

「お好きですか？」

「嫌いな人間はいないだろう」

そんなはずはないが、口に出すようなことでもない。

「よろしければ、お先におひとつどうぞ……」

皿に載せたオリーブを銀製のピックで一つ刺してから、そういえば彼は毒味されていないものは口にしないのだと思い出した。

――初日は私が毒味をすると言って、つい全部食べちゃったのよね……。

軽く頬を染めてから、ヴィオラはピックに刺したオリーブを指で外した。

「私が先に毒味をいたしますね」

ぱくりと食べる。美味しい。

毒味を終えたところで、もう一度オリーブを突き刺す。するとルーファスはヴィオラの右手を掴み、オリーブを自らの口に運んだ。

「閣下⁉」

「こうしないと、君はまたすべて食べてしまう」

彼の思いがけない行動に、ヴィオラの顔は真っ赤になった。

――たったいま、本当の友人のようだと思ったところなのに！

信じられないほど近くに、彼の美しい顔がある。瑞々《みずみず》しい夏草のように長い睫毛《まつげ》が揺れている。宝石のような琥珀色の双眸が、すぐにそこに。

「じょ、女性がお嫌いなのに、こんなことをして大丈夫なのですか⁉」

「友人のように扱えと言ったのは君だろう」

親指で唇を軽く拭い、「うん、美味しい」と頷くルーファス。

――友人？　友人ってこういうことするの？

戸惑うヴィオラの腕を放し、ルーファスが言葉を続ける。

「私が苦手なのは、私に取りいろうと媚《こ》びを売ってくる女性だ。友人なら気にしない」

「媚び……そういえば、陛下は『弟は女性に好かれすぎて嫌になってしまった』と仰っていました」

「ずいぶん大雑把な説明だな」

ルーファスが眉を顰める。

——陛下は、もうちょっと別の言い方をしていた気がするけれど……。

要するにそのような意味合いだったと思うので、「そうですね」と頷いておいた。

「まあ、概《おおむ》ねその通りだ。私の周りには強引なアプローチをする女性が多かった。しかし君に対してはそういう嫌悪感がない」

「私も、思いっきり閣下の愛人になろうとしていたわけですが……」

「それもそうだな」

ルーファスが珍妙な顔で首を傾げる。

「正直にいえば、私も良く分からない」

なんにせよ、ルーファスはヴィオラに嫌悪感を抱いていないということだ。

それがなんだか嬉《うれ》しくて、ヴィオラは頬を緩めたのだった。


その後は、ルーファスと一緒に風呂の湯を用意することになった。

ヴィオラが湯を準備するというと、ルーファスが『一人では大変だろう』と手伝いを申し出たのだ。

「お部屋で休んでいてください。力仕事ですし、危ないですから。さすがにルーファス様にやらせてよい仕事ではありません」

「力仕事なら尚更《なおさら》、手がいるだろう」

ヴィオラは一応遠慮をしたが、ルーファスがぐいぐいくる。

「もしかして、風呂の湯を用意した経験もおありですか？」

「ない。しかし興味はある。私にはめったにない機会だ」

ルーファスは好奇心が旺盛らしく、それも本心からの言葉のようだ。

――確かに、手伝ってもらえるなら助かるけれど。

悩んだ末に、ヴィオラは彼の好意に甘えることにした。

大きな銅の釜に水を汲《く》み上げ、キッチンの火にかける。

沸騰すると、それを桶《おけ》に移し替えて慎重に浴室へと運んだ。

「これを毎回、アデラと二人でやっているのか？」

浴槽の湯が満たされた頃には二人とも汗だくになっており、ルーファスは「大変だな」と息を吐いた。

「湯を張るのは閣下がいらっしゃる時だけですから。それに外回りの使用人も、手が空いていれば手伝ってくれます」

今日は急なことで、人に頼む時間もなかったというだけだ。

「ですが今日は助かりました。ありがとうございます。汗をかいたでしょうし、どうぞ、湯を使ってください」

にこりと笑って礼を言ってから、ヴィオラはハッと気付いた。

「あ、でも従者の方は帰ってしまわれたのですよね。私でよければ風呂の介助をいたしますが」

しかし、そうすると彼の肌を見てしまう。

入浴の際にはローブを着用するが、その着替えを手伝わなければならないからだ。

ぽっと頬を赤らめるヴィオラの頭を、ルーファスが軽く叩いた。

「子どもではないのだ、風呂ぐらい一人で入れる。そのつもりで従者を帰した」

そう言ってから、「いや」と思い直したように首を捻る。

「しかし君はすでに結婚を経験した大人の女性なのだし、相手が友人なら、肌を見るぐらいどうということはないか」

「えっ」

「やはり頼もうかな」

ルーファスが悩ましげに口元に指を添える。

——でも、いざとなると、やっぱり恥ずかしいかもしれないわ！

ヴィオラは初夜を経験していないので、まだ男性の裸を見たことがない。

元々ルーファスの閨の相手をする予定だったとはいえ、改まると恥ずかしいのが乙女心というものである。

薄青色の瞳を忙しく左右に揺らしていると、ルーファスがくっと笑いを噛《か》み殺すのが聞こえた。

「冗談だ。公爵邸では一人で風呂に入らせてもらえないからな、ゆっくりさせてもらうさ」

彼の薄い唇には、はっきりと笑みが刻まれている。

すぐに揶揄《からか》われたのだと気付いて、ヴィオラは唇を尖らせた。

「湯が冷めますから、早く入ってください」

浴室に向けて彼の背中を押す。

それから彼と交代で風呂を使い、寝室へ向かった。

「失礼します」

扉を開くと、先に戻ったルーファスがソファでワインを飲んでいた。

「このワイン、なんだか味も色も薄くないか？」

薄い色のワインを明かりにかざすルーファスに、ヴィオラは「あっ」と声を上げた。

「そのワインはどこから？」

「喉が渇いたので勝手に厨房《ちゅうぼう》から持ってきた、いけなかったか？」

「申し訳ありません、それは私のもので……！」

節約のため、自分用に水で薄めたワインをキッチンに置きっぱなしにしていたのだ。

「私は……ええっと、薄めたワインが好きなものもので！　閣下にお出しするワインは貯蔵庫にありますから、すぐに持ってまいります！」

「いや、構わない、喉の渇きは癒えた」

身を翻《ひるがえ》すヴィオラを、ルーファスが呼び止めた。

「そうか、君のものだったか。勝手に飲んで悪かったな」

「いえ……ですが、ワインは毒見しなくてよろしかったのですか？」

おそるおそる訊ねると、ルーファスは苦笑を浮かべた。

「私が毒味をさせるようになったのは、女性に媚薬《びやく》を盛られた経験があるからだ」

「……媚薬！」

「ああ……私が十三歳の時だから、もう十二年前か」

「十三歳！　って、まだ子どもではありませんか」

ヴィオラは彼の向かいのソファに腰掛け、体を前に傾けた。

「いったい誰がそんなことを？」

「私の婚約者候補だったご令嬢だ。当時、私の婚約者選定が行われていて、令嬢が何人か王宮に招かれていた。そこで互いの相性を確かめるため、一人一人とお茶を飲んだんだ。その際、令嬢から差し入れられた菓子に媚薬が入っていた」

令嬢はルーファスに自身を襲わせ、既成事実を作ろうとしたのだろう。

「……閣下は、それを食べてしまわれたのですか？」

「食べた。令嬢もその菓子を食べていたから、特に警戒もしなかったな」

――そのご令嬢の目的はルーファス様と結ばれることだから、自分は食べても問題ないものね。

だが、ルーファスにとっては大問題だ。

「その後、令嬢と庭で二人きりになったタイミングで薬の効果が出た。私は体調の異変を感じて戻ろうとしたが、そこで令嬢に襲われたんだ。幸いたまたま近くにいた守衛がすぐに気付いてくれたから、事なきを得たがな」

「良かったです」

もしもルーファスが令嬢の乙女を奪っていたら、そちらが騒ぎになって、媚薬が盛られたことは明らかにならなかったかもしれない。

「ちなみに……その令嬢は何歳だったのですか？」

「もうあまり覚えてはいないが……一つか、二つ年上だったはずだ」

ならば、相手もまだ少女ではないか。

――王族や、貴族として生きるのも大変ね。

結婚がそのまま政治に繋がる世界。

ルーファスは王族だから余計だろうが、それにしても大変だ。

「まあ、そういう理由で、私は女性から出されたものは相手以外の人間に毒味をさせ、さらに時間をおいてからしか口にしないようになった」

なるほど、と納得してからはたと気付いた。

「ならば、閣下が初めてここにお越しになった日、私が毒見をしたのは無意味だったということですか？」

「そうなるな」

どうりであの後『新しいものを用意して来ます！』と言ったのを『必要ない』と止めたはずだ。

「私が食べる前に止めてくださったらよかったではありませんか！」

「止める間もなく君が食べ始めたんだろう」

「いいえ、止めるタイミングはあったと思います」

「ちょっと面白かったので、どうするのか見たかったのもある」

「ほら、やっぱり」

ヴィオラは唇を尖らせた。

しかし全部食べてしまった自分が一番悪いので、この議論は不利だ。

仕方なく、話題を元に戻すことにした。

「今日は誰も食事や飲み物を毒味しておりませんが、口にされてよろしかったのですか？」

「まあ良いかと思った……君に媚薬を盛られるイメージがわかない」

それは褒められているのだろうか。

「もちろん媚薬など盛りません、私は閣下の友人ですから」

――そもそも、媚薬を買うお金がないもの。

一番の根拠は、切実すぎるので心の中だけに留《とど》めておく。

「君を信頼しよう……私はここで毒味を求めない」

ヴィオラを見つめて彼が言う。

その琥珀色の瞳は温かく、胸がどきりとした。

――いまのは……閣下の信頼が嬉しかったからよね。

胸を手で押さえ、自分に問いかける。

そのとき、ルーファスがぼそっと何かをつぶやいた。

「もしくは、私は、君になら媚薬を盛られてもいいと思ったのか」

「え？　なにかおっしゃりましたか？」

反射的に聞き返すと、ルーファスは口元に微笑みを湛《たた》え、「いいや、なにも」と首を横にふった。

――良く分からないけど……。

今日はルーファスとの距離がぐっと近づき、彼が少し心を開いてくれたように思う。

――たった半年間だけだけれど、ここがルーファス様にとって安らげる場所になればいいわ。

ヴィオラはいま、心からそう感じていた。


その夜、二人はいつも通り、同じベッドの端と端で眠った。

『今夜はアデラさんがいないので別室で眠りましょうか？』と提案したが、ルーファスが『いつも通りでいい』と言ったのだ。

目を閉じると、すぐに心地のよい眠りがおとずれた。

そして、夢が始まる。

『お姉ちゃん、助けて……』

教会墓地にある両親の墓石の前で、幼いシエラが蹲《うずくま》って泣いている。

これは、両親の葬儀のあとの記憶だ。

現実では、シエラは『助けて』なんて言っていなかったはずだけれど。

シエラが病気になってから、ヴィオラはこれと同じ夢を頻繁に見るようになった。

――シエラを助けてあげなくては。

十五歳のヴィオラは、そんな妹を見つめ、拳を握っている。

――私がシエラを幸せにしてあげなくては。

妹には、ヴィオラしか頼れる人間はいないのだから。

その時、そよ風が母の声を運んできた。

『あなたの妹よ、可愛いでしょ？　どうかよろしくね』

それはシエラを生んだ母が、亡くなる直前にヴィオラへかけた言葉。

――ええ、分かっているわ、お母さま。

――シエラは、私が守ります。

白い墓石に向かい、そう決意する。

と、普段ならこの夢はここで途切れ、別の夢に変わったり、朝まで時間が経っていたりするのだが、
今宵は違った。

『だけどね、ヴィオラ……私はあなたのことも大事、どうか二人とも幸せになってちょうだい』

続けて風が運んできたのは、ヴィオラが意図的に記憶から消していた、母の言葉の続きだった。

――無理よ、お母さま、私たちはどちらか一人しか幸せになれないの。

だから、せめてシエラだけでも幸せになってほしい。

ヴィオラはそう願って、必死になってきたのだ。

自分の幸せなんて、とうに諦めて――。

夢のなかで、ヴィオラは亡き母の姿を探し、懸命に周囲を見渡した。

かすかな風がヴィオラを優しく包み込んだのは、その時だ。

――あ、温かい……。

まるで母に抱きしめられているようだと思った。

ヴィオラは言葉では表せない心地よさを感じ――気がつけば、薄らと瞼《まぶた》を開いていた。

「え？」

すぐ目の前にルーファスの顔があって、ヴィオラは目をひん剥《む》いた。

――なに？　なにが起こっているの？

寝起きなのもあって、咄嗟《とっさ》に状況が理解できない。

「目が覚めたのか、珍しいな。以前は無理矢理引き剥《は》がしても、ベッドの端まで転がしても起きなかったというのに」

ルーファスは片手でヴィオラを抱きしめながら、呆れたようにそう呟いた。

――って、私いま、閣下に抱きしめられて……⁉

「か、閣下⁉」

「勘違いするな、先にこうしてきたのは君だ」

言われて見ると、確かに自分の両手はぎゅっと彼を抱きしめている。

「後学のために覚えておくといい。君は自分の寝相を良いと信じているようだが、それは間違いだ。前回も、前々回も、君はこうして私に抱きついてきている」

「も……申し訳ございませんでした！」

さーっと青ざめ、両手をはなす。

――家の狭いベッドでも一度も落ちたことがないから、私は寝相が良いのだって思いこんでいたわ！

まさか、こんな悪癖が自分にあっただなんて。

――シエラが小さい頃、ずっと抱きしめて眠っていた名残かも……。

ヴィオラは慌てて彼から離れようとしたが、上手くいかなかった。

見れば、ルーファスの手はまだヴィオラを抱きしめている。

「え？」

顔を上げると、ルーファスと目が合った。

「……閣下？」

呼びかけるが返事はない。

暗闇に、彼の琥珀色の瞳が光って見えて、ヴィオラは蛇に睨まれた蛙《かえる》のように身動きが取れなくなった。

そして沈黙が流れること、数秒。

気がついた時には、互いの唇が重なっていた。

「……っ」

顔を真っ赤にするヴィオラを、ルーファスは不思議そうに覗《のぞ》き込《こ》んだ。

「まるで少女のような反応だな……とても、二度の結婚を経験した未亡人には見えない」

その瞳に浮かぶのは、興味と、困惑。

「今日も君の様子をみていたが、とても財産目当ての結婚をした女性には思えなかった」

ルーファスがヴィオラの顎を掴んで持ち上げ、顔を覗き込む。

「君は、いったい何者なんだ？」

「な、何者と言われましても……」

「例えば、君は悪女ヴィオラ・フィランティになりすましているとか」

ヴィオラは薄青色の瞳を瞬かせた。

「私は……正真正銘ヴィオラ・フィランティです、閣下」

財産目当てに二度の結婚をし、一度目は逃げられ、二度目は初夜を前に先立たれた。

その経歴にひとつも嘘はない。ただ、話していない真実があるだけで。

——話してみる？　閣下に、私の事情を。

少し考えてから、ヴィオラは小さく首を横に振った。

——やめておこう。

妹の病気を理由に、支援を期待していると思われるのは、なんだか嫌だ。

「君は本当に愛に奔放な未亡人で、私の愛人になりたくてここにきたと？」

「……その通りです」

頷くと、すっと彼の目が細くなった。

「ならば、寝てみるか？　私と」

大きな手で腰を引き寄せられて、心がざわめいた。

「私を……本当の愛人にされるということですか？」

「……さあ、いま、この一夜、試してみたいだけかもしれない」

つまり、ルーファスは与えられた愛人に興味を持ち、気まぐれに抱いてみようかという気になったというわけだ。

「君に利益がある話ではないから、断っても責めはしない」

利益ならすでにある。ヴィオラは五千万リベラを受け取る約束でここに来ていたのだ。

ルーファスがその気になったというのなら、勤めを果たすべきだろう。

――閣下に抱かれる……。

一度はそれを覚悟したはずなのに、いまは揺らいでいる。

――できるのかしら……私に……。

腰に当てられた彼の手のひらが、長い指が、意味深に動く。

その度に、ぞくぞくとした感覚が背中を駆け抜けて、ヴィオラは知らず知らず足の爪先に力を入れた。

――しっかりしなきゃ、せっかく閣下がその気になってくださっているのだから。

ヴィオラの真の役目は、彼に女性との触れあいの良さを分かってもらうこと。

その結果、彼の女性嫌いが治れば、このお屋敷を手に入れられるのだ。

シエラにも十分な額の持参金を持たせてやれるだろう。

「嫌ではございません」

ヴィオラはルーファスを真《ま》っ直《す》ぐに見つめ、そう言い切った。

「君の……その瞳」

ルーファスが、ヴィオラの目を見返し、呟く。

「暗闇でも分かるほど澄んでいる。海の向こう、水平線の色だ。捉えることはできないと分かっているのに、追いかけてみたくなる」

それをいうなら――ヴィオラは心のなかで反論した。

ルーファスの琥珀色の瞳こそ、神秘的な輝きをしている。

秋の日差しのように暖かな色をしていながら、彼の瞳から受ける印象は凍てつく真冬の寒さ。

そのアンバランスさが彼の魅力なのだと、ヴィオラにはもう、はっきりと分かっていた。

——そして……。

彼の瞳の奥には、はじめて舞踏会ですれ違ったときと同じ、ちりりと肌が焼けるような情熱が潜んでいる。

「……閣下」

「私の名はルーファスだ」

「……ルーファス、様、っ」

彼の名前を口に乗せた瞬間、その唇をキスで塞がれた。

——ひとの唇って、こんなに柔らかいものなのね。

地域によっては結婚式で口づけをする風習もあるが、ヴィオラの二度の結婚式では行われなかった。

だからヴィオラにとって、彼との口づけが初めてだった。

——我ながら、呑気《のんき》な感想だわ。

もしかすると、この先の行為も考えていたほど緊張するものではないのかもしれない。

ヴィオラがほっと安堵《あんど》しかけたのは、けれど一瞬のこと。閉じた唇の境目を舌でなぞられて、おもわず「ひゃっ」と声が漏れた。その隙間から、ぬるりと舌が口腔《こうこう》に入ってくる。

「ふ……ぁっ」

口のなかを愛撫《あいぶ》され、体がじんと痺《しび》れる。いや、違う。これは疼《うず》いている？　分からない。全て初めての感覚だ。

ルーファスは戸惑うヴィオラにぐっと体を押しつけ、さらに口づけを深くした。

角度を変え、なんども唇を食《は》まれる。舌を絡め、歯列をなぞられる。

まるで、ヴィオラの体の奥底にある炎を呼び覚ますように。

――息が、苦しくなってきた……。

あまりにキスが激しくて、呼吸の仕方が分からない。

「泳いだことはあるか？」

キスの合間に甘い声で問われ、首を縦に振る。

「同じ要領だ、息継ぎをして」

まるで初めて手習いをする子どものように、ヴィオラは懸命にその指示に従った。

――泳ぐ時のように、息継ぎ……。

少しずつ呼吸が楽になり、体から力が抜けたところで彼の唇が離れた。

「まるで初めて口づけをするような反応だな」

疑わしげに見られ、胸がどきりとした。

ルーファスは、ヴィオラが行為に慣れた女性だから、気まぐれに抱いても良いと思ったのだ。

ヴィオラが自分の役目を果たすためには、初めてだとは知られないほうがいい。

「こんなに激しい口づけはしたことがなかったというだけです」

両親が出かける前に口づけを交わす姿を見たことがあるが、いまのようなものではなかったから、この弁解は通じるはずだ。

「……なるほど？」

しかし、ルーファスはあまり納得していない様子である。

「ルーファス閣下は、慣れていらっしゃるようですね」

「そんなはずがないだろう。だが、君の反応を見るに、そう悪くはなかったようだ」

そういう彼の表情は、どこか得意げである。

「私はなにごとも器用にこなす人間だから、この後もきっと上手くできる」

にっと口端をあげるルーファスに、ヴィオラは素直に感心した。

――ルーファス様がどういうひとなのか、ようやく少し分かってきた気がするわ。

女性が嫌いで、時に失礼なほど素っ気ない。

けれどこちらが誠実に接していれば紳士的だし、寛容だ。

料理が趣味で、王族でありながら芋の皮むきもできる。そして自信家である。

――どうしよう……。

ヴィオラは瞳を揺らした。

彼を知るたびに、この胸のざわめきが大きくなっていく。

ルーファスがヴィオラの腰を引き寄せた。

「前から思っていたが、このドレスに施された刺繍はなかなか見事だ」

ドレスの刺繍を、長い指がなぞる。

「しかし、もとの生地はいまひとつだな」

生地の手触りを確かめるように、ヴィオラの腰を撫でながら囁く。

その長い指が蠢《うごめ》くたび、ぞくぞくとした快感が込み上げてきて、ヴィオラは甘い吐息を漏らした。

「は、ぁ……」

ヴィオラの耳朶《じだ》を唇で食みながら、ルーファスが大きな手で尻を撫でる。双丘の隙間を長い指が這《は》うのに、ヴィオラはたまらず顔を上へ向けた。

「はぁ、あ……」

仰《の》け反《ぞ》った白い喉に、ルーファスが噛《か》むように口づける。

ぴりっとした痛み。唇の温かさ。さざ波のように広がる疼き。

震えるヴィオラの股ぐらを、ルーファスがぐいと下から突き上げた。

彼の固いものが、布越しにヴィオラの割れ目にあたる。

「んっ」

直接的な刺激に、思わず声が漏れる。

――ちゃんと、慣れているフリをしなくては……。

そう思っているのだけれど、彼に翻弄されてうまくいかない。

「私には、まだ君が分からない」

「ル……ファス、様？」

「その表情も、声も、まるで初心《うぶ》な淑女のようだ」

囁くアンバーの瞳に映るのは、彼の与える刺激に怯《おび》える自分の顔。

「これもすべて、君の手管なのだろうか……抱けば全てが分かるのか？」

それが知りたいからヴィオラを抱くのだと、彼の目が告げている。

——ならば、私はこれで良いのかもしれないわ。

ヴィオラの秘めた真実が彼を惹《ひ》きつけているというのなら、いまはこのままで。

「どうか……お確かめください」

震えながら告げたヴィオラの頬を、ルーファスは両手で挟みキスをした。

——さっきとは、全然違う……。

激しさはないのに、同じぐらい濃厚で全身が汗ばんでいく。

「ふっ、……はぁ」

されるがまま、ぼうっとする頭でキスを受け入れていると、ルーファスの指がドレスの裾から奥へ忍び込んできた。

「っ……」

長い指が太ももを撫でる。

「君の肌は、まるで絹のように触り心地がよい」

ルーファスはそう言うと、手をヴィオラの足の付け根まで這わせ、下着越しに秘めた場所をなぞった。

「あっ」

感じたことのない刺激にびくっと体が跳ねる。

「んっ、ん……」

自分でもほとんど触れたことのない場所。彼が割れ目をなぞるたび、しっとりとしたものがそこから溢《あふ》れていく。そして指が先端にある突起に触れると、一際高い声をあげて体を仰け反らせた。

これまでとは違う、まるで雷のような鮮烈な快感が体を駆け抜けたのだ。

「やぁ……っ」

びくびくとヴィオラの体が震える。

ルーファスはそっと体勢を入れ替え、ヴィオラの体を組み敷いた。

ベッドの軋《きし》む音がする。琥珀色と、薄青色の視線が、とても近い場所で交わった。

ルーファスが指でドレスの紐《ひも》を摘まみ、ゆっくりと手前に引いてほどく。はらりと胸元がはだけ、白い乳房がまろびでると、ヴィオラは反射的に両腕でそれを隠した。

「あ……あまり、みないでください……」

「なぜだ？」

彼の美しい唇に愉《たの》しげな笑みが乗る。

そしてヴィオラの両腕を掴み、頭の上で繋《つな》ぎ止めた。

「……っ」

ヴィオラの胸の大きさはごく一般的だ。

男性が好むのはもっと豊満な乳房だろうと思うと、気まずさと、気恥ずかしさがある。

「その、さほど立派なものではありませんし……」

「大きければ良いというものではないだろう……私は好みだ」

胸を凝視され、ヴィオラはますます顔を赤くした。

――閣下って本当に女性がお嫌いなのかしら？

女性の胸の好みまでハッキリしている女嫌いがいるものだろうか。

――なんだか女性の扱いも手慣れているし……実は遊んでいたりして。

そんな疑問というか、不信感というかがヴィオラの顔に出ていたようである。

「君は考えていることがよく顔にでるな」

ルーファスの口元に苦い笑みが浮かんだ。

「私にも女性の好みぐらいある」

「そういうものですか……」

「当然だろう、私だって男だ。ただ普段は女性への好意より、嫌悪感が勝るというだけのこと」

つまり、いまはヴィオラへの好意が勝っているということで良いのだろうか。

——好意というより、興味かもしれないけれど。

そう考えると、自分でも驚くほど嬉しく感じた。

「というわけで、君の身体に、私は男としてとても魅力を感じている」

ルーファスはやたら真面目な口調でそう言うと、空いている手で剥《む》き出《だ》しの乳房に触れた。

「あっ……、っ」

張りのある白い乳房が、彼の手に揉《も》まれ、良いように形を変えられていく。

それから乳房の先端をきゅっと指の付け根で挟まれ、思わず顎をのけぞらせた。

「はぁ、……あ」

ぴりっとした快感が身体を駆け抜ける。

ルーファスは拘束していたヴィオラの腕を放すと、その手で反対の乳房の突起を摘まんだ。

こりこりと紙縒《こよ》りを作るように弄《いじ》られて、ヴィオラはたまらず腰を浮かせ、切ない声を上げた。

「やぁ……ぁっ、あ……」

頭がぼうっとし、息があがる。

「んっ、やぁっ」

ふっと彼の吐息が乳房にかかったかと思うと、次の瞬間、ぱくりと乳嘴を口に含まれた。

これまでとは違う感覚に、脚の爪先にぎゅっと力が入る。

「あぁ……ん、ルーファス……様、それ……や、ぁ……っ」

全身を引き絞られるような感覚に、ヴィオラはいやいやと首を横に振った。

意識がまったく別の場所に連れて行かれるようで恐ろしかったのだ。

しかしルーファスは期待に反して止めてはくれず、さらにきつくそこを吸い上げた。

「やぁ、ぁ、あ……」

こりこりと舌で小さな突起を押しつぶされる。

すると、股の付け根から愛液が溢れた。

——やだ、私……っ。

まだ触れられていない場所が反応したことが恥ずかしくて、思わず脚をすりあわせる。

ルーファスは、目ざとくそれに気付いたようだった。片方の手がドレスの裾をたくしあげながらかに入ってきて、下着に触れた。

「あっ……」

彼の指が秘裂をなぞった時、布越しだというのにくちゅりという音がして、ヴィオラは羞恥のあまり気を失いそうになった。

「下着越しでもわかるぐらい濡《ぬ》れているな」

ルーファスは満足そうに呟くと、いったん手を引いて、ヴィオラの寝着や肌着を脱がしていった。

すっかり生まれたままの姿になったヴィオラは、羞恥から横を向いて体を丸くした。

「そう隠そうとしないでくれ」

くすっと笑って、ルーファスが再びヴィオラにのしかかる。

「……あ、少しお待ちください」

そこで、ヴィオラははたと思い出して声を上げた。

「明かり……明かりを消していただきたいのです」

寝室の照明はすでに最小限に抑えてあるが、それでもまだ互いの顔が分かる。

――これでは恥ずかしい……というのもあるけれど。

それよりも。

――破瓜《はか》の際に、血が出ることがあるって聞くわ。

部屋をなるべく暗くして、血が出たと分からないようにしておきたい。

後はヴィオラがシーツなどの処理をするから、きっと上手く誤魔化せるはず。

「私は、いまぐらい明るいほうが良く見えてよいと思うが」

「恥ずかしいのです」

顎に手を当て思案するルーファスに、顔を赤くして言い募る。これも本心だ。

ルーファスは少しばかり名残惜しそうにしていたが、紳士らしくヴィオラの要望に応えてくれた。

「っ……」

あらためて、彼がヴィオラを組み敷き、その手を下半身へ伸ばす。

その指が、濡れた割れ目に触れた瞬間、全身にこれまでにない鮮烈な感覚がほとばしった。

ぴちゃりと濡れた音が、薄暗い寝室に響く。彼の指がそこを行き来するたびに、その音は大きくなった。

「ふぅ、ぁ……っ」

指が、泥濘《ぬかるみ》のなかへと入っていく。ヴィオラはつい悲鳴を上げそうになり、両手で口を押さえた。

「きついな……」

ルーファスは小さく呻《うめ》いてから、ゆっくりと指を奥へ進めていった。

「はぁ、あっ……」

狭い媚肉を開かれるたび、ぴりっと引きつるような痛みが走る。けれどそれは瞬く間に甘い感覚のなかに呑み込まれ、分からなくなった。

「ん……」

とろりと指を呑み込むそこから愛液がこぼれ落ちる。

ルーファスはヴィオラの反応を確かめながら、慎重に指の抜き差しを始めた。

くちゅりくちゅりと淫猥《いんわい》な音が響き、徐々に大きくなっていく。それが恥ずかしくて、ヴィオラは「いや、いや」と首を横に振りながら、腰を揺らした。

指を呑み込むそこは、普段はあると意識もしていない臓器なのに、いまは驚くほど熱く、敏感になって存在を主張している。肉襞が包む指の輪郭まで分かるようだ。

ルーファスの指が増え、ぐるりとなかを広げるように回される。

親指で敏感な花芯を押しつぶされると、ヴィオラは体をのけぞらせて嬌声《きょうせい》を上げた。

「ひゃ……っ」

臍《へそ》のしたあたりから、いかんともしがたい切迫感が込み上げてくる。それは嵐のように全身を駆け抜けて、ヴィオラは颪に耐える若木のように、手足の爪先に力を込め懸命に耐えるしかなかった。

「ぁ、ぁあ……」

ルーファスが揺れる乳房に口づける。

空いている手でもう片方の膨らみを揉みしだき、薄い桃色の突起に軽く歯を立てた。

その間にも秘部をまさぐり、花芯を弄る手が緩められることはない。

体のあちらこちらで快楽の火花が弾けているようだった。そこから生まれた熱は全て体の芯に集まってきて、頭がぼうっとなる。

――だめ……もう、なにも考えられない……っ。

彼に翻弄されるまま身をよじり、声をあげる。

その内に一際大きな快感が津波のように押し寄せ、溢れた。

「やぁ……ぁっ、あっ……ぁあ……っ」

布に沁《し》みた水のように、じんわりと快楽が全身に広がっていく。

体から汗が噴き出し、心臓がドッと大きく鼓動した。この感覚はなんだろう。わからない。わからないけれど、とても良いものだということは本能が理解していた。心地良い。とても。

「達したか」

――達した？

どういう意味かと思ったが、閨のことなら、知らないとは言わない方が良いだろう。

こくりと頷くと、ルーファスが嬉しそうにヴィオラの額にキスをした。

「んっ……」

蜜壺から指を抜かれ、甘い声が漏れる。

ルーファスはその声に満足そうな笑みを浮かべてから、自らの上着を脱いだ。

薄明かりのなか、隆起した筋肉の陰影が浮かび上がる。

「鍛えていらっしゃるのですね」

ヴィオラは軽く目を瞠《みは》って言った。

服越しにも逞《たくま》しい体だと感じていたが、ここまで鍛えているとは思わなかった。

見蕩れるヴィオラに、ルーファスが軽く肩を竦める。

「そうだろうか？　たまに剣術の指南を受けるぐらいだがな」

とてもそうは思えない。

胸板や肩、腕の筋肉は盛り上がっていて、腹はしっかりと引き締まっている。

まるでよく出来た彫像のようで、彼はその肉体まで美しいのだと、ヴィオラは妙に感心してしまった。

「そう凝視されると落ち着かない」

ルーファスが口元に苦笑いを浮かべる。

そして再びヴィオラの体に覆《おお》い被《かぶ》さると、啄《ついば》むようなキスを落とした。

「んっ……」

ちゅっちゅと唇を食みながら、ルーファスが長い指で濡れそぼった割れ目をなぞる。

すると、秘裂からとろとろと愛液がこぼれた。

「や、やぁ……」

ルーファスが指を泥濘に挿入し、さきほどより浅い場所を、まるで広げるようにゆっくり動かす。

その場所が十分にほぐれているのを確かめると、指を抜き、ズボンの前をくつろげた。

「……あ」

おそるおそるその場所に視線を向けたヴィオラは、思わず声を震わせた。

彼のそれは赤黒く、竿《さお》には血管が浮き出ており、先端は鉤《かぎ》のように張り出していた。

そして——とても大きい。

——あ、あれを……私の体にいれるのよね？

「お……大きすぎではありませんか？」

「こんなものだろう」

「私の体に入るとは思えません」

決して褒めているわけではないのだが、ルーファスは思いのほか気を良くしたらしい。

「悪い気分ではないな」

ルーファスは口角を上げると、ヴィオラの白い脚を割り開き、秘裂に剛直を押し当てた。

「……は、ぁっ」

この先の行為に不安はまだあったが、ここまできたら覚悟を決めるしかない。

ヴィオラはきゅっと目を閉じ、彼の背中に腕を回した。

初めては痛いというから、間違っても悲鳴を上げたり、取り乱したりしないようにしなくては。

「……は、っ」

滑らかな先端が、狭い膣《ちつ》口を割り開く。

同時に痛みと苦しさを感じ、ヴィオラはきゅっと唇を横に引き結んだ。

「もう少し力を抜いてくれ……」

ルーファスが苦しげに呻く。

――そんな……こと、を、言われても……。

こちらは破瓜の傷みを耐えるのに精一杯だ。

「……痛みがあるのか？」

「少しだけ……ひ、久しぶりなものですから」

「今日はここまでにしておこうか」

「いえ……続けてください……っ」

この瞬間、シエラの病ことはヴィオラの頭になかった。

ルーファスの女嫌いを治すということも。

ヴィオラはただ、ルーファスに行為を続けてほしかった。

「あ、あっ……」

張り出した先端を呑み込むと、少し呼吸が楽になった。

熱い肉杭は、狭い隘路《あいろ》のさらに奥へ、奥へと埋められていく。

その途中、一際強い痛みを感じる場所があって、ヴィオラは思わず声を上げた。

「っ、いっ……」

なんとか悲鳴は堪えたものの、全身に力が入り、どっと汗が噴き出す。

ルーファスもすぐにヴィオラの様子に気付いたようで、動きを止めると、まるで愛《いと》しい恋人にするように頭を撫で、キスをした。

「んっ」

ヴィオラの呼吸が落ち着くと、今度は胸や、秘所にある敏感な突起を軽く弄る。

緩い愛撫に、ヴィオラが感じていた痛みが徐々に散っていく。

そして喘《あえ》ぐ声が甘いものに変わったのを合図に、ルーファスは再び奥へと腰を進めた。

「あ……あぁ、っ」

「……まだ痛むか？」

気遣わしげな声に、ヴィオラはふるふると首を横に振った。

「もう……だ、大丈夫です……」

もちろん圧迫感はあるし、膣口や、剛直を包む媚肉が多少じんじんとするが、痛むというほどではない。痛みが引くのを、ルーファスが辛抱強く待ってくれたおかげだろう。

「ル……ファ、スさ、ま……来て……」

彼への愛しさが胸に込み上げてきて、気がついたときにはそう囁いていた。

ルーファスは短い唸《うな》り声を上げると、ヴィオラの細い腰を掴み、ぐっと一気に奥を貫いた。

「ああっ……はぁ、あ……」

ずんと重い感覚とともに、彼の肉茎がヴィオラの最奥を叩く。

ヴィオラはその衝撃にたまらず体をのけぞらせ、きゅっとなかを締め付けた。

ルーファスの唇から耐えるような声が漏れる。

「っ、狭いな……それから、とても熱い」

熱い息を吐き出しながらヴィオラの顔の横に腕をつく。

「君のなかは……とても気持ちがいい」

その満足そうな声に、胸がぎゅうとしめつけられた。

――私の体で、ルーファス様が……喜んでくださっている。

嬉しいと思った。

とても、幸せだと。

「閣下の……その、あれは、す、べて、入ったのでしょうか？」

「ああ」

頷くルーファスに、ヴィオラはおそるおそる、自分の下腹に両手を当てた。

あれほど大きかったものが、本当に全て収まってしまうとは。

色気もなにもないが……人体とは不思議だと感じた。

「こうして自分のお腹を触ると、なかがごつごつしているような気がいたします……これがルーファス様のご自身なのですね……」

なんの気なしに発した言葉だったが、それを聞いたルーファスはなぜか顔を強《こわ》ばらせた。

同時に、膣のなかの肉杭が一回り大きくなってびくんと跳ね、ヴィオラの口から「あんっ」と声が漏れた。

「ど、うして……っ」

「どうしてもなにも、いまのは私を煽《あお》っているだろう」

ルーファスは長い息を吐いてから、軽く眉を顰めてそう言った。

緩やかに律動が始まる。

彼のものは大きく、硬く、熱く、その質量は少々苦しく感じるほどだった。

けれど、彼の動きに合わせて肉襞が伸びたり縮んだりしているうちに、少しずつそれにも馴染《なじ》んでいく。

ヴィオラは官能を感じ、声を上げた。

「ぁ、あっ」

彼のものがとんとんと優しく奥を叩くたび、快感が生まれる。

「……良さそうだな」

ルーファスが腰の動きを早める。

「ひ、ぁっ」

じゅぽじゅぽと音を立てながら熱い雄杭で媚肉を擦られるのが、気持ち良くてたまらない。

快感が頭のてっぺんに突き抜けていく。

「んんん……っ」

勢いよく膣奥を叩かれるたび、ずんと重たい衝撃とともに官能が全身に満ちていく。

ヴィオラは涙目になって、硬い背中に腕を回してしがみついた。

お互いの肌がぴたりと重なる。

その瞬間、言葉では表すことが難しいほどの心地良さを感じた。

極上の絹で全身を包んでも、これほどのことはないだろう。

深い陶酔感のなか、ヴィオラは腰を浮かし、局部を彼に押しつけた。

気持ちが良い。もっとほしい。これが、もっと、もっと。

「はぁ、あ……ルーファスさま、も、っと……」

甘えるようになかを締め付けると、彼のたくましい体が張り詰めた。

耐えるような声がして、ルーファスが腰を止める。

そして恨めしげにヴィオラを一瞥すると、逃がすまいとばかりに両手で頭を掴み、舌を絡めてキスをした。

「んぅ……っ」

くちゅりくちゅりと唾液の混じる音がする。

下腹の結合部からは体液の泡立つ音が。

お互いの肌もじっとりと汗ばんで、ヴィオラは自分の境界が曖昧になっていくのを感じた。

「やぁ……」

ルーファスは時に強く奥を穿《うが》ち、時に小さく腰を回しながら、ヴィオラに快感を与えていく。

ほとばしる官能はヴィオラの全身に影響を与え、満ちていった。

頭は、もはやまったく使い物にならない。

ヴィオラは無意識に彼の腰に脚を巻き付けた。

「はぁん、ぁっ……も」

その瞬間が近づいている。

全身が引き絞られるあの瞬間が。

抽挿がさらに早くなり、肌のぶつかる音が大きくなる。

ああ――込み上げてくる。

「あぁああっ」

ズンッと一際強く奥を貫かれ、高まった快楽が体のなかで四散した。

あまりに大きな快楽の絶頂に、頭が真っ白になって、目の前でちかちかと星が散る。

足の爪先はぴんと伸び、膣がぎゅうと締まった。

「……く、っ」

ルーファスが低く唸り、自身を蜜壺から引き抜いた。

ヴィオラの体を離し、平たい腹の上に子種を吐き出す。

――ああ、あたたかい。

数度に分けて放たれるその感覚にあわせて、ヴィオラはびくびくと体を震わせた。

「……ぁ、あ」

絶頂の波が引いていき、心地良い余韻だけが残る。

それはまるで、楽園の海に浮かんでいるような酩酊《めいてい》感。

「ヴィオラ」

美しい琥珀色の瞳のなかには、ヴィオラだけが映っている。

——まるで、宝石のなかに閉じこめられたみたい。

そんなことを思うと同時、行為の疲労からか、抗《あらが》いがたい眠気を感じた。

「……ルーファス様」

「なんだ」

「ルーファス様の疑問は解消されましたか？」

ゆっくりと意識が遠のくなか、どうしても気になって訊ねた。

ヴィオラを理解するために抱くのだと言った彼は、果たしてその答えを得たのか。

ルーファスが目を細め、首を横に振る。

「いいや、分からない……ますます分からなくなった」

答える声は優しく、どこか甘い。

ルーファスがちゅっと、ヴィオラの額に口づける。

その柔らかな感触を最後に、ヴィオラの意識は暗闇に沈んでいったのだった。

第二章

春の盛りが近づいている。

花の蕾《つぼみ》がほころび始めた庭には、小さなテーブルと椅子が設置されていた。

腰掛けているのは、友人のアンリだ。

「久しぶり、ヴィオラ。元気そうでよかったよ」

彼はヴィオラを見つめ、ほっとした表情を浮かべている。

「ええ、私は元気」

ティーワゴンの上で紅茶の用意をしながら、ヴィオラは微笑みを返した。

ここで生活を始めてから、約ひと月。

すっかり社交界に顔を見せなくなったヴィオラのことを、アンリは心配してくれており、落ち着いた頃を見計らって様子を見に来てくれたのだ。

——私ったら、ずっとこのお屋敷に籠もっていたものね。

愛人生活に外出の制限があるわけではないが、遊びにいくとお金もかかるし、もう社交をする理由もない。それならと、空いた時間はせっせと刺繍の内職に精を出していた。

「それで、閣下とはどうなんだい？」

「どう……なのかしら？」

アンリの前にソーサーとカップをセットし、銀製のティーポットと一緒に首を傾ける。

ルーファスと初めて肌を合わせてから、そろそろ一週間が経つ。

その間も彼は何度かここへ来たが、ヴィオラを抱いたのはあの夜だけ。

眠るときにも、ヴィオラの寝相対策でお互いの間に枕を置いてあるぐらいだ。

――あの夜は、ルーファス様も喜んでおられたと思うのだけれど……。

それは勘違いで、ヴィオラの体に不満があったのかもしれない。

――でも、そのわりには何度もここへ来ているし……。

サミュエルの命令に従うだけなら、訪問は週に一度でいいのだから。

ちなみに、一度だけ『もう女性嫌いは治ったのですか？』と聞いたことがあるが、ルーファスは『まさか』と肩を竦めるだけだった。

――だから、私はルーファス様にもっと女性の良さを伝えないといけないのだけど……。

自分から『もう私を抱かないのですか？』とは聞きづらい。

つまり、いまのヴィオラは彼の愛人とは言いづらい。

かといって、行為に及んだからにはただの友人とも言えない。

――こういうの、なんというのかしら。

ひとり悶々《もんもん》と考えたところで、ふと、この手のことはアンリの得意分野だと気付いた。

「ねえ、アンリ。男女の友人同士が気まぐれ？　勢い？　で……その、そういう行為をしてしまうことってあるのかしら？」

「よくあるんじゃないかな？」

「よくあるんだ！」

「恋人のような恋愛感情はないし、愛人ほど深い関係でもない。普段は友人だけど、たまに行為をする。そういう関係も男女にはあるよ」

白いカップに琥珀色の液体が満たされていくのを見つめながら、なるほどと頷く。

――私とルーファス様の関係は、それに近いのかも。

行為をしたのはまだ一度だけだから『たまに』とはいえないが、愛人でも恋人でもないのだから、そちらに近い気がする。

「ところで、いまの話はつまり、ヴィオラが閣下と寝たってこと？」

紅茶を淹れ終わり、納得して席に着こうとした所でそんなことを言われ、思わず椅子ごと後ろに転《こ》けそうになった。

「え⁉」

「でもヴィオラは閣下の愛人なんだよね？　なのに男女の友人？　んー、良く分からないけど、ヴィオラはちゃんとお勤めを果たしているんだね」

混乱したように首を捻りながら、アンリが言葉を続ける。

「友人としては、君をちゃんと大切にしてくれる男性と幸せになってほしかったけど……頑張っているんだね、ヴィオラ」

友人の言葉に、ヴィオラは微笑んだ。

アンリの励ましは自然で、押しつけがましいところがない。

「ええ、ありがとう」

素直に頷いて、半分落ちかけていた椅子に座り直す。

「閣下との愛人期間は、半年だっけ」

「そうよ」

アンリの問いかけに頷くと、彼は心配そうに目を細めた。

「ヴィオラは、ルーファス様のことを愛してしまってはいない？」

気遣わしげに問いかけられた。

「……どういうこと？」

「君がルーファス様を愛してしまったら、別れるときに辛くならないかと心配なんだ」

紅茶に砂糖をひと匙《さじ》入れながら、アンリが目を細める。

ヴィオラはどう答えようか、少し迷ってから口を開いた。

「ねえ、アンリ……あなた、ひと目ぼれってあると思う？」

アンリが眉を上げて「ひと目ぼれ？」と聞き返すのに、小さく頷く。

「正直に言うと、私ね、ルーファス様といるとよく胸がドキドキするの」

けれど、と言葉を続ける。

「それって最初に出会った時からなのよ。思うに、私はあの方の容姿が好みなんじゃないかしら」

好きなタイプとか、これまで気にしたこともなかったけれど、そうとしか思えない。

「好みの殿方と一緒にいて気持ちが浮ついている。たぶんいまはそういう状況なんだと思うわ。だから、愛しているのとは違う」

淡々と告げるヴィオラに、アンリは「そうかな」と首を捻った。

「ぼくは……姿形というのには、多かれ少なかれ、その人が滲《にじ》み出《で》ていると思う」

ぱちっと瞬《まばた》きをするヴィオラに、アンリが言葉を続ける。

「身に着けているものには、その人の好みや、身分が。姿勢からは普段の暮らし方が。目線からは思考が、顔つきからは人となりが、少しずつ滲み出ている」

「そうね、確かに」

「そして瞳には、その心が見える時がある」

「心？」

「うん、だから一目惚れというのはあながち馬鹿にしたものじゃないと思う。特に、その人と見つめ合ったとき、君の心が震えたのなら」

見つめ合ったときに、心が震えたのなら――。

アンリの言葉を心のなかで繰り返す。

初めてルーファスと視線を合わせたときのことは、いまも鮮明に覚えている。

ヴィオラは彼のアンバーの瞳に囚《とら》われて、身動きができなくなったのだ。

――私はあの時から、ルーファス様に恋に落ちていた？

分からない、ヴィオラは恋などしたことがないから。

「アンリ……あなたは画家ではなくて、詩人になったほうが良いのではない？」

ひとまず軽口を叩くと、アンリはまんざらでもない様子で頷いた。

「検討してみようかな」

互いにふっと笑い合ってから、アンリが頬を指でかく。

「ぼくは、君に余計なことを言っただろうか」

「いいえ、そんなことはないわ」

知らないうちに深みに嵌《は》まっていた、なんてことがないよう、自分の感情は正確に把握しておいたほうがよい。

「色々と心配してくれてありがとう、アンリ。でも、私なら大丈夫。私は恋にも愛にも幻想は抱いていないから、別れるときには、きっとこんなものだとすぐに割り切れるわ」

もしかすると、ルーファスと別れるときには少しだけ胸が痛いかもしれない。

――でも、そのくらいどうってことないわ。

妹の病を治すために、あらゆる覚悟は済ませている。

もちろん、傷つく覚悟も。

その後は彼がいま描いている絵の話や、とりとめのない話を少しして、一時間ほどでアンリは帰って行った。


その夜も、ルーファスはヴィオラのもとへやってきた。

ヴィオラは玄関ホールで彼を出迎えると、コートを預かり、軽い雑談のつもりで昼間のことを話した。

「なんだ、今日来ていたという君の友人は男だったのか」

「伝えておりませんでしたか？」

「聞いていないな」

不機嫌そうな声である。

「アンリは私の幼なじみです。社交界に出なくなった私を心配して、様子を見に来てくれて……」

「幼なじみとはいえ、私との逢瀬のための屋敷に、男を連れ込むというのはどうなんだ」

「心の狭いことを言うんじゃありませんよ」

ヴィオラが何かいうより早く、アデラがルーファスを窘《たしな》めた。

彼女は玄関先で従者や護衛を出迎えていたが、こちらの話が聞こえていたようだ。

「ヴィオラ様はご友人とずっとお庭にいらして、屋敷のなかには入っておりませんよ。姿が見える範囲に人を立てて、しっかりと貞淑に過ごしておられました」

そう説明するアデラの眉間には、深い皺が刻まれている。

「だというのに、あなたはなんと心の狭い」

「そうか……すまなかった、ヴィオラが友人と会うのは自由だし、私の心が狭かったようだ」

怒るアデラに、ルーファスは僅かにたじろいだ様子で謝った。

「……近頃、アデラの私への風当たりが強いな」

それから、ぼそっと小さな声でそう呟く。

まるで叱られた子どものようで、ヴィオラは思わずくすっと笑った。

アデラは最初、ヴィオラに対してよそよそしい態度をとっていたが、一緒に過ごすうちに距離が縮まり、いまではすっかり仲良しになった。

反対にルーファスには、なにか怒りを感じているようだ。

――最近、ルーファス様の訪問が頻繁だからかしら？

いまだに屋敷には使用人がアデラしかいないので、準備が追いつかないことがある。

――人を増やさないのはお金を節約してるからじゃないのよ、ルーファス様がいまのままでいいっておっしゃるから。

誰にともなく言い訳をしてから、ルーファスに向き直った。

「ところでルーファス様、公爵邸へは帰らなくてもよろしいのですか?」

彼はもう三日連続ここに泊まっている。

——ルーファス様はまだ公爵の位を継いでから日も浅いし、色々と仕事があるはず。

公爵邸には女主人がいないから、ルーファスがこう頻繁に不在だと、屋敷の運営に支障をきたすのではないか。

「公爵邸での仕事を終えてからこちらに来ているんだ、なにも問題はない」

領地の視察も、ルシブに外交使節として赴く前に済ませてあるから、しばらくは必要ないのだと続ける。

「それなら良いのですが……」

「良いに決まっている、それより今日は君に贈りものを持ってきた、部屋へ行こう」

ヴィオラはぱちっと瞬きをした。

——いったい何かしら?

ドキドキしながら寝室に入ると、彼はベッドの上に衣装箱を置き、ヴィオラに開けるように促した。

リボンをほどき、箱を開く。なかに入っていたのは、薄手の白いナイトドレスだった。

「前に、贈ると約束しただろう」

彼はベッドに腰掛けて、ヘッドボードにもたれかかりながらこちらを見つめている。

——そういえば、そんなこともあったような。

ヴィオラが着ているナイトドレスの生地の触り心地が良くないから、もっと上質なものを贈ると言っていたような。

――確かに、このナイトドレスは見るからに生地がいいわ。レースもすごく繊細だし……きっと高価に違いないわね。

汚したらどうしよう、と嬉しいよりも貧乏性が先に来た。

「あまり気にいらなかったか？」

「あ、いえ！　そういうわけではないのですが……汚してしまったらどうしようかと」

「着替えればよいだろう。取り急ぎ一着だけ持ってきたが、仕立屋にはあと数着依頼してある」

「こんな上等な物を、あと数着も⁉」

その金額だけで、シエラの治療代の前払いを済ませられそうだ。

ルーファスは驚くヴィオラの腕を掴むと、自分の隣に座らせた。

「ヴィオラ、体調はどうだ？」

「体調ですか？　万全ですけど」

「なら、今夜は君を抱いてもよいだろうか？」

「え？」

さらりと言われ、ヴィオラは大きく一度瞬きをしてから、かっと顔を赤くした。

――あ、男性が女性にナイトドレスを贈るって、つまりそういう……！

いろいろと理解すると気恥ずかしく、視線を床に落とす。

「ル、ルーファス様は、もう、私を抱くつもりがないのかと思っておりました」

「前に抱いた時、君があまり不慣……久しぶりで辛そうだったから、体を気遣ったままでだ」

――そっか、私の体に不満があったわけではなかったのね。

驚くと同時に、安堵と嬉しさが胸に込み上げてくる。

「ええ……と、ええ、もちろんです、閣下がお嫌でないなら、私はいつでも閨を共にいたします」

それが仕事であるし、事実、彼に抱かれるのは嫌ではない。

ルーファスは嬉しそうに口端を上げたが、すぐに「それから」と言葉を続けた。

「君との今後のことだが……」

そういう彼の顔はやけに神妙で、ヴィオラはすぐにぴんときた。

「分かっております。私は閣下の本当の愛人になろうなど、大それたことは考えておりません」

胸を張って言い切った。

「君は、私の愛人になりたかったのでは？」

ルーファスが怪訝そうに眉を顰める。

「私も、自分の立場を理解したのです。いまは……そう、閣下と閨を共にできれば、それで良いと思っております」

「愛人になれずとも、私に抱かれるだけで君は満足だと？」

「さ、さようでございます」

さすがに恥ずかしく、俯《うつむ》きがちに答えれば、ルーファスはまんざらでもなさそうに頷いた。

「なるほど、そう言われると悪い気分ではない」

――良かった、納得をしてくれたみたいだわ。

少しほっとして、言葉を続ける。

「男女には、友人関係にありつつも、時折閨を共にするという関係があるそうです」

「そうか、それで？」

「私はそれで構いません」

「……それで、構いません？」

さらに安心してもらおうと思って言ったことだったが、またもルーファスの表情が強ばった。

――ルーファス様は、まだ私が愛人の座を狙っていると疑っているのかしら。

ならば誤解を解いておかなくては。ヴィオラは前のめりになった。

「はい！　私とルーファス様は、その関係がちょうど良いのではないかと思うのです！」

「ちょうど良い？」

「さようでございます！　もう、本当に！　全然！　全く！　これっぽっちも！　私はルーファス様の愛人になりたいなんて思ってはおりませんので！」

「これっぽっちも……」

だが、言えば言うほど、ルーファスの表情は沈んでいく。

「昼間の男とも、君は友人だと言っていたな……」

やけに暗い、地を這うような声だった。

きょとんとするヴィオラの顎を、ルーファスはくいと指で持ち上げた。

「君は彼とも寝るのか？」

「寝ません！」

勢いよく答えすぎて、声がひっくり返った。

「アンリとルーファス様はまったく違います！　アンリは大事な友人ですが……そういう関係になりたいと思ったことは、一度もありません」

いつもより暗い琥珀色の瞳を真っ直ぐに見つめる。

ルーファスもまたヴィオラの目を覗き込み——深く嘆息した。

「それならいい」

短く呟き、「ひとまずは」と小さく付け足した。

「まずはお友達から、というわけだ」

ふっと、おかしそうに笑うルーファス。

あまり見せない無防備な笑顔に、ヴィオラの胸が高鳴った。

——やっぱり、ちょっとは……ルーファス様のことを好きかもしれない。

彼の笑顔を見るとときめいて、抱いて良いかと聞かれて喜んでいる。

――アンリの言う通り、これ以上深みにはまらないように注意をしておくべきね。

『友達』と関係に線を引いたのは、自分のためでもあるのだ。

「では、気を取りなおして、着替えるのを手伝ってやろう」

ルーファスはヴィオラを前に立たせると、長い指でヴィオラが着ているドレスの紐を引いた。

「自分で着替えられます！」

「男の楽しみだ、付き合え」

耳元で囁く声に、背筋がぞくぞくと震える。

「まあ、またすぐに脱がせるわけだが」

「……っ」

あっという間にドレスを脱がされ、肌着だけにされた。

白い肌に刺さる彼の視線を感じるたび、体温が上がっていくようだ。

――恥ずかしい。

ベッドで肌を合わせるのと同じぐらい――それ以上に、強い羞恥心を感じる。

ルーファスはそんなヴィオラの様子を楽しむように、ゆっくりと新しいドレスを着せていった。

「うん、やはりよく似合っている」

ドレスの露出は控えめながら、ヴィオラの体に沿うように作られていて、その曲線を優美に見せている。着心地もとても良い。

「ありがとうございます……」

ルーファスは満足そうに頷いた。

「さて、大切な友人どのに次はなにか贈ろうか？」

ヴィオラの腰を引き寄せ、ベッドに組み敷きながらルーファスが問いかける。

「え？　ええと……」

こんな状況で急に聞かれても、すぐに思いつかない。

――でも、なにか答えたほうがいいわよね？

身分が上の人物からの贈り物を断るのは不敬だ。

――欲しいものはたくさんあるけれど……。

食材とか、消耗品とか、種油とか。

でも多分、いま求められているのはそういうものではない。

それぐらいはヴィオラにも分かる。

――欲しいもの……欲しいもの……。

うんうんと唸ってから、はっと閃いた。

「では……本、とか？」

「本？」

ヴィオラはこくこくと頷いた。

本は高価だが、それでもこのドレスよりは安い。

「君は本が好きなのか」

「はい、物語が好きなんです」

子どもの頃は、時間さえあれば本を読んでいた。

家が没落してからは買えなくなったが、それでも貸本屋を使ったり、メイドの雇われ先で借りたりしたものだ。

「贈り物に本をねだる可愛らしさを持ちながら、よく財産目当ての結婚をしようと考えたものだな」

ぽつりと、小さな声でルーファスが呟く。

「え？」

ヴィオラが聞き返すと、ルーファスは呆れたように「いや」と嘆息した。

「分かった、次は本を贈るとしよう」

そして、啄《ついば》むようにヴィオラの唇にキスを落としたのだった。


翌日、ルーファスが王宮で仕事をしていると、執務室にハリーがやってきた。

「頼まれていたヴィオラ嬢の調査が終わりましたので、報告に……」

「見せてくれ」

ハリーが全て言い終えるより早く、奪うように資料を受け取る。

そしてそれまで取りかかっていた書類を脇におくと、琥珀色の瞳を忙しく上下させた。

いつになく余裕のない上司に、ハリーが呆れたように息を吐き、説明を補足する。

「ヴィオラ嬢の経歴にやはり間違いはありません。結婚は二度、相手はエルマンとマルティ伯爵です。どちらも結婚期間は一日」

「初夜は行われたのか？」

「おそらく……マルティ伯爵の家族に聞き取りしたところ、伯爵は彼女に腹上死させられたのだと怒っていました」

「あてにならんな」

ルーファスは書類をめくる手を止め、顎を撫でた。

――やはり、彼女は処女だったのではないか……？

思い出すのは、ヴィオラとの初めての夜。

彼女の身体はまだ青い、未熟な果実そのものだった。

ルーファスの愛撫一つに初々しい反応を示し、秘めた場所は硬く強ばっていた。

彼女が奔放な女性であるという評判は偽りであったと、ルーファスはすぐに確信したのだ。

しかし、まさか二度も結婚をしておいて処女ということはない、きっと経験が少ないだけだと判断し、行為を進めてしまったのである。

いよいよおかしいと感じたのは、彼女の深い場所を暴くとき。

彼女が額に汗を浮かべて痛がっているのをみて、まさかと思った。

ルーファスも経験がなかったから、久しぶりならこんなものかとその時は続行してしまったが、後から冷静になってみるとどう考えてもおかしい。

——破瓜の血はなかった。

しかし処女でも血が出ないことはあると聞く。

二度の結婚において、その期間がどちらも一日だけであったなら、初夜が行われなかった可能性はある。

「ヴィオラ嬢の身辺についても調査いたしました。両親は早くに亡くなっており、親戚とは疎遠のようです」

「では、両親が亡くなってからはどこに住んでいたんだ？」

「伯爵邸は売り払い、王都近くに家を借りて姉妹で住んでいたとか。彼女の親戚が住所を知っていたので行ってみましたが、見つけることはできませんでした」

「どういうことだ？」

「そこには崩れかけた納屋があるだけだったのです」

なにか間違いがあったのか、親戚に伝えていた住所が偽りだったのか、はたまたすでに取り潰されていたのか。ルーファスは低く呻いた。

「ヴィオラには妹がいるだろう、彼女はどうしている？」

「妹は小領主の息子と婚約しており、いまはそちらの屋敷で一緒に住んでいるようです」

「元気にしているのか？」

「特に、妹が病気をしているなどの話はありませんでした」

「そうか……」

「両親を亡くしたあと、ヴィオラ嬢が妹と二人で暮らしていたのは確かです。その間、彼女は近くの商家で働いていたと」

「令嬢の彼女が、商家で？　家庭教師でもしていたのか？」

「いえ、メイドをしていたようです」

ルーファスは合点がいって頷いた。

どうりで、使用人の仕事が板についていたわけだ。

――彼女は随分と苦労をしたのだな……。

家が没落したことは聞いていたが、両親が早世したあとは、どこか親戚の家にでも世話になっていたのだろうと思っていた。

――その生活の苦労が、彼女を二度の結婚に駆りたてたのか？

だとすれば、彼女の境遇は十分同情に値する。

と、思う反面、ルーファスの胸には違和感が残った。

自分が知る彼女は、本当にそれだけの理由で、財産目当ての結婚するような人物だろうか？

「エルマンが彼女を見初めたのはメイドをしていたときで、結婚まで半年もかかっていません。さらに、結婚式の翌日にエルマンがヴィオラ嬢を残して逃げだしたことから、やはり彼女はエルマンの悪事に関与していないと考えて良いかと」

「ありがとう、ご苦労だった」

ヴィオラがエルマンの悪事に荷担していないことは、すでに明らかになっている。

だが、ルーファスにはあらためて調査をしておきたい事情があった。

「しかし閣下、エルマンのことはともかく……ここまでヴィオラ嬢のことを調べ上げて、いったいどうするつもりなんです？」

ルーファスは書類から顔を上げずに答えた。

「決まっているだろう、彼女を囲う算段をしている」

「囲うって……彼女と結婚でもされるおつもりですか？」

「まさか」

それは互いの立場が許さない。

離婚歴のある女性が公爵家に嫁いだという前例はあるが、その場合、政略的な価値がよほど高いか、公爵自身が高齢であるかのどちらかだ。

ルーファスはまだ若く初婚であるし、ヴィオラの立場や評判を考えると、結婚は難しい。

兄も世間も納得しないだろうし、無理を通してもヴィオラが辛い思いをするだけだ。

――だが、もしもヴィオラが乙女であったことを証明できれば……。

結婚が肉体的に成立していないという理由で、その婚姻自体が無効になった事例なら過去にある。

彼女の二度の結婚が成立していなかったことを証明できれば、ヴィオラは初婚という扱いになり、ルーファスとの結婚もあり得ない話ではなくなってくる。

ヴィオラは没落したとはいえ伯爵家の生まれであるし、乙女の純潔を奪ったなら、責任を取るのは紳士の使命だ。

しかしエルマンはすでに国外逃亡しており、マルティ伯爵もこの世にいない。

その証明は難しいだろう。

――なにを考えているんだ、私は……。

ヴィオラと結婚する道を模索している自分に気付き、ルーファスは頭をふった。

「私は、いまの関係を継続できればそれでいい」

ルーファスは、これからもヴィオラとの愛人関係を続けていきたいと思っている。

ヴィオラを抱いたのも、その意志があってのこと。

――彼女も、私の愛人になりたいと言っていたんだ。

昨日はその話をしたかったのだが、彼女からは友達でいいと言われ、自分も自分で昼間に彼女に会いに来ていた男に嫉妬をし、有耶無耶《うやむや》に話を終わらせてしまった。

——まあ、彼女がいまの関係に不安を感じていないなら、兄上の説得を先にした方がいい。

ルーファスは、今後も結婚はせず、ヴィオラだけを愛人にするつもりでいる。

兄が君主である以上、その説得は避けて通れない。

「つまり……閣下の女嫌いは治ったということですか？」

「治ってはいない」

不思議そうに訊ねる部下に、短く答える。

ヴィオラにも同じことを聞かれたが、ルーファスはいまも彼女以外の女性と触れあいたいとは思わない。想像しただけでも吐き気がするほどだ。

——どういうわけか、私にとって、彼女だけが特別であるらしい。

思えば、それは最初から。

舞踏会で目を奪われたあの一瞬から、ずっと。

——我ながら、これほど女性に入れ込むとは思いもよらなかったな。

不思議と、ルーファスはそんな自分が嫌ではなかった。

サミュエルの書斎に呼び出されたのは、その日の午後のこと。

兄弟だけの静かな室内には、柔らかな日差しが射し込《さこ》んでいる。

「ずいぶん、ヴィオラ嬢のことを気に入ったようだな、ルーファス」

向かいのソファに座るルーファスに向けて、サミュエルが機嫌よく言った。

「私の見立ては正しかっただろう、お前はきっと、彼女を気に入ると思っていた」

サミュエルがテーブルに置かれたワインを手に取り、弟のグラスを赤で満たす。

「……そうですね」

「お前の母のこともあるから、愛人というのはどうかとこれでも悩んだのだ。いや、良かった」

にこにこと話すサミュエルに、ルーファスはなんと返事をするか迷い、ただグラスを掲げた。

――そう、私の母は公妾だった。

しかし、母の立場でルーファスが苦労をしたことはない。

当時の王妃は、サミュエルを産んだあと子を授からなかった。

王家の血筋は一人でも多い方がよいと母が公妾に迎えられたが、これには王妃の強い推薦があったようだ。

母は王妃の親友で、ルーファスが十歳の時に病死するまで、二人の関係はずっと良好だった。

その後も、王妃はルーファスを宮廷で愛情深く育ててくれたし、サミュエルとの間にも兄弟としての絆《きずな》が育まれた。その王妃も、数年前に病でこの世を去っている。

――王族やら貴族やらに生まれると、結婚もそう自由にはいかない。

だから公妾を迎えたり、愛人を作ったりということの全てを否定するつもりはない。

不幸な人間を産まないなら、それも一つの選択ではないかと思う。

もちろんヴィオラに対しても、ルーファスはできる限り誠実にいるつもりだ。

――と、私が思っているとはいえ。

とはいえ、である。

――公妾の母を持つ弟に、勝手に愛人をあてがうのはどうなんだ？

そのあたり、いまいち兄に対して納得がいかず、返答に困るというわけだ。

「それで、お前の女性嫌いは治ったということで良いのか？」

「わかりません……なにしろ、彼女以外の女性と接しておりませんので」

ルーファスは、軽く肩を竦めてそう言った。

――兄にヴィオラのことを話すのは、王女との縁談が破談になってからだ。

こういったことは順序が大事だ。

ルシブの抱えている問題を公にするタイミングは近づいているから、焦ることはない。

「なるほど、では試してみるといい」

「……試す？」

「来月、宮廷舞踏会があるだろう」

「ああ、ありましたね……」

来月は建国祭だ。数週間に渡って式典や催しが予定されており、各国からも来賓がある。その歓迎のための舞踏会が、初日に開かれるのだ。

――面倒だな。

げんなりした気分でため息をつくと、兄の方から提案があった。

「ヴィオラ嬢を連れてくるといい」

「ヴィオラを？」

まさか兄がそんなことを言ってくるとは思わず、ルーファスは軽く目を見張った。

「よろしいのですか？」

「それで、お前がすんなりと舞踏会に出るならよい」

兄の目的は、自分の女嫌いを治して王女と結婚させることだ。

――わざわざヴィオラとの関係を公にさせる理由はなんだ？

なにかあやしいが、これはルーファスにとっても都合のよい話だ。

今後、彼女を愛人にするにあたっての布石になる。

「……分かりました」

ルーファスは頷くと、グラスのワインを飲み干したのだった。

「へえ、また宮廷で舞踏会が開催されるのですか」

厨房でさや豆を剥きながら、ヴィオラはそう相づちを打った。

隣にはルーファスがいて、同じように豆を剥いている。

今日は彼が来るのがいつもより早く、色々と準備が間に合わなかったのだ。

アデラもいるから手伝いは必要ないと言ったのだが、なんやかんやと押し負けてこうなっている。

「ああ、建国祭の初日だ」

剥いた豆をボウルに入れながら、「良いですね」とおざなりに返事をする。

——だって、私には関係ないし。

宮廷舞踏会に招かれるのは上流貴族だけ。前回が異例だったのだ。

「ルーファス様はご出席されるんですよね？」

「当然だ。私は公爵であると同時に、王弟でもある、出席しないわけにはいかないだろう」

建国祭ともなると、各国から来賓があるだろうし、そのもてなしは王室の義務だ。

——ルーファス様も、きちんと公務をされているのね。

感心してから、ふと思った。

「そういえば、これまで閣下の同伴者は誰が務めていたのですか？」

「寡婦の叔母に頼んでいた」

なるほど、当たり障りのない人選だ。

と、その時たまたま豆がぴょんと流し台に飛び出して、そちらに気を取られた。

「だが、今回はぜひ君に頼みたい」

「え？　なにをですか？」

豆を指で追いかけながら聞き返す。

「舞踏会の同伴を、ぜひ君に頼みたいと言っている」

「なるほど、舞踏会の同伴……同伴⁉」

ヴィオラはぎょっとしてルーファスを見つめた。

指にも力が入り、掴んだ豆が再びつるんと滑って飛んでいく。

「私が？　閣下の同伴者を務めるということですか？」

正気ですか？　という言葉が喉元まででかかった。

なにしろ、ヴィオラの評判は最悪だ。

「君は私の友人なのだろう？　婚約者も恋人もいない男が、友人に同伴を頼むことのなにがおかしい」

「ですが……世間は友人と見ないでしょうし、陛下がお許しになるとは思えません」

「これは兄が言い出したことだ」

「え？」

ヴィオラはぱちっと大きく瞬きをした。

――意外だわ。

サミュエルは、ヴィオラのことを公にしたくないと思っていた。

「それは、陛下がお許しになっておられるなら、私は構いませんけど……」

「ありがとう、では早速、舞踏会に着ていくドレスの生地を選ぶとしよう」

「……は？」

その時、遠くからアデラが来客を告げる声がした。

「ちょうど来たようだな」

「なにがですか？」

「仕立屋に決まっている」

肩を竦めるルーファスに、ヴィオラはあんぐりと口を開いた。

――ルーファス様の行動が早すぎるわ。

ヴィオラが舞踏会に行かないと言ったらどうするつもりだったのか。

「女性を舞踏会に誘ったなら、ドレスの一着ぐらい贈るさ」

「ドレスって、先日も贈っていただいたばかりではありませんか」

「あれはナイトドレス、寝間着だろう」

それはそうだが、いまは頻度の話をしている。

――確かに……閣下から誘われたのだから、ドレスは受け取ってもいいのかもしれないけれど。

以前エルマンと婚約したときも、社交場に出るためのドレスを贈られたことがある。

——でも……そう、ドレスならあるのよね。

持っているのはその一着だけだが、過去は刺繍を変えたり、レースを付け替えたりしながら着回していた。

堂々としていると、意外と同じドレスだとバレないものだ。

『けばけばしい色のドレスがお好きなのね』と揶揄されることもあったが、しめしめというやつである。ので、新しいドレスを買うのはもったいない。

自分でデザインを変えるから、ドレスを仕立てる代金をそのままいただけないだろうか。

——うーん、さすがにがめついかしら。

ちょっと冷静になった。

こうやってすぐに目先の利益に流されるのは、ヴィオラの悪い癖だ。

——でも、せっかく仕立ててもらっても、多分一度しか着ないし。

シエラの治療費が手に入ったら、ヴィオラが社交界に出入りする理由はなくなる。

だというのに高額を払うのは、あまりにもったいなくて胃が痛くなりそうだ。

それならドレスを仕立てない方が精神衛生に良いし、あわよくば代金をそのまま貰いたい。

「あの……ドレスなら一着ありますから、わざわざ贈っていただかなくても……」

とりあえず断ろうとしたところで、ルーファスの目がすっと細くなった。

「君が前の舞踏会で着ていたドレスか……あれは君の趣味か？」

「あ、いえ、エルマンから贈られたものです」

「どうりで、趣味がよくないと思っていた」

彼の眉間に、不愉快そうな皺が寄った。

「私が君に似合うドレスを選んでやる」

「ですから、新しいドレスは不要で……」

「私のパートナーとして出るのに、他の男から贈られたドレスなど許せるはずがないだろう」

ぴしゃりと言い切り、ルーファスが大股で厨房を出て行く。

——断るのに失敗したわ。

仕方なく、彼の後を追いかける。

仕立屋は応接室に通されており、二人が向かいのソファに座るとすぐ、生地見本とカタログをテーブルに並べた。値段は記載されていないが、どれも目玉が飛び出るような金額なのは間違いない。

「ルーファス様……やはりドレスは不要かと」

胃がきりきりして、小声で訴える。

「なんだ、気に入る生地がないのか？　君、もっと上等なものを……」

「あああああ、いえいえ、大丈夫です！」

仕立屋に指示するルーファスの腕を慌てて掴む。

それから、できるだけ安そうな生地を選んでいくが、結局はルーファスの勧めで一番上等なものになった。

話が終わった頃にはどっと疲れて、寝室に戻ると、ヴィオラはそのままベッドに倒れ込んだ。

――とても疲れた！

仕立屋との商談中にアデラがお茶を入れに来たが、ヴィオラが小声で助けを求めると『もらってけばよいのです』と返されてしまった。

「ヴィオラ」

遅れて寝室に入ってきたルーファスの呼びかけに顔を上げる。

「君にもう一つ贈り物がある」

「贈り物……はもう、お腹いっぱいと申しますか」

ヴィオラはほとんど涙目になって言った。

――お金は好きだけれど、お金を自分のために使うのは苦手なのよ。

これ以上は胃に穴が空いてしまいそうだ。

そんなヴィオラを見て、ルーファスはふっとおかしそうに笑ってから、テーブルの上に数冊の本を置いた。

「本？」

「そうだ、欲しがっていただろう」

「ああ……そうでした！」

彼に本をねだっていたのを忘れていた。

「嬉しいです！　ありがとうございます、ルーファス様！」

ぱっと微笑むヴィオラに、ルーファスが琥珀色の瞳を眩《まぶ》しげに細めた。

「本の贈り物でこれほど喜んでくださるとは、私の愛人殿はずいぶん安上がりなことだ」

ヴィオラはベッドを飛び下りると、ルーファスと並んでソファに腰掛けた。

「どれも読んだことがないものばかりです」

目を輝かせて本を眺めていたヴィオラは、そのうちの一冊で視線を止めた。

「こちらの本は珍しい装丁ですね」

「東洋の本だ」

「東洋の」

ヴィオラはぱちっと瞬きをした。

「最近、東洋の人間とやりとりをする機会が多く、つい先日手に入れた」

さすがは公爵、珍しい本を入手できるものだ。

「君は東洋の文字を読めないだろうが、一緒に読めばいいと思い持ってきた。挿絵も多いから、それだけでも楽しめるだろう」

頷きながら、最初の数ページに目を通してみる。

「東洋の言語は、私も少し分かります」

前にメイドとして働いていた家に東洋の商人が出入りしていたから、言語に触れる機会があった。

「といっても、本が読めるほどではないのですが……これはどういう話なのですか？」

「貧乏神《びんぼうがみ》に憑《つ》かれた男の話だ」

「貧乏神とはなんですか？」

「東洋の民間信仰にある、不運をもたらす神だ」

ずいぶん迷惑な神さまがいたものである。

「貧乏神に憑かれると、飛ぶように金がなくなり、自分はもちろん周りも不幸になるとか」

「周りも……」

「そうだ。貧乏神に憑かれた本人と、関わりが深ければ深いほど影響は大きいという」

それを聞いたヴィオラは思わず絶句した。

とても他人事と思えなかったからだ。

――もしかして、私は貧乏神に取《と》り憑《つ》かれているのではないかしら？

ヴィオラの母も父も、早くに亡くなった。財産を失い、家は没落。妹は病に冒され、一人目の夫は罪を暴かれて国外逃亡、二人目の夫は初夜の前に老衰。

ヴィオラと『深い関わり』を持った人間は、一人残らず不幸になっている。

「どうした、顔色が良くない」

「いえ……」

気遣わしげに訊ねられて、首を横に振る。

――私に貧乏神がついているのだとしたら、ルーファス様も不運に見舞われるかも。

真っ先に心配になったのは、彼のことだった。

「……ルーファス様、最近、身の回りで悪いことが起こってはいませんか？」

「なんだ、いきなり」

「教えてください」

「特にはない……おかしな女には引っかかったが」

前半の答えにほっとして、ヴィオラを揶揄う言葉は耳に入ってこなかった。

――仮の愛人関係ぐらいでは、『深い関わり』にはならないのかもしれない。

だが、念のため注意しておこうと思った。

貧乏神を信じるわけではないが、ヴィオラの周りに不幸が多いのは事実だ。

「どうした、本当に様子がおかしいな。体調が悪いのか？」

普段なら軽口には軽口を返すヴィオラが黙りこんでいるのを見て、いよいよ心配になったらしい。

手の平をそっとヴィオラの額に当てる。

「熱はないな」

至近距離で顔を覗き込まれて、顔がぽっと赤くなった。

「体調が悪いわけではありません」

「そうか、なにか考えこんでいるようだったから、知恵熱でも出したかと思った」

「子ども扱いなさらないで」

ちょっと頭を使ったぐらいで熱など出すものか。

拗《す》ねた気持ちになって尖らせた唇に、ルーファスが啄むようなキスをした。

「君になにか悩みがあるなら、そろそろ話してくれても良い頃だと思うが、どうだ？」

思いがけない言葉に、ヴィオラは思わず目を瞬かせた。

「それは……」

心が揺れた。彼にシエラの病気のことを話してみようか。

——前も、同じことで悩んだわね。

ヴィオラは、彼の琥珀色の瞳を見つめ返した。

あれからひと月半ほど。

ルーファスが自分を大切に扱ってくれているのは分かっているつもりだ。

——事情を話せば、シエラの治療代も払ってくださるかもしれない。

だからこそ、話したくないと思った。

他に方法がないならともかく、シエラの治療代はサミュエルからの報酬で支払える。

彼からはただでさえたくさんの贈り物を貰っている。

これ以上彼の好意に甘えるのは、ヴィオラにとっても負担だ。

「無理に話せとは言わない」

唇を横に結ぶヴィオラを見て、ルーファスが柔らかい口調で言った。

「だが、もしも気が変わったならいつでも話してくれ」

かつて彼から感じた冷たさなど、微塵《みじん》も見当たらない優しい表情だった。

そのまま胸のなかに抱きすくめられる。

──不思議、ルーファス様に抱きしめられていると、なにも心配いらないような気がしてくる。

ずっと、こうしていられたらいいのに。

水中から浮き上がってくる泡のように、そんな願いが心に湧いてくる。

ヴィオラは口元に微笑みを浮かべ、その感傷を表情から隠したのだった。


ドレスはそれからひと月後、舞踏会の直前になってようやく完成した。

ルーファスがあれこれ細かい注文をしたせいで時間がかかったのだ。

だが待った甲斐《かい》はあり、素晴らしい仕上がりとなった。

色は淡いピンク色。とても洗練されたデザインで、胸元は刺繍入りのレース、袖口はプリーツで縁取られ、引き裾にはフリルが重なっている。

――これまでだって、上等なドレスを着る機会はあったけれど……。

伯爵家が没落する前はもちろん、エルマンが贈ってくれたドレスも、少々派手だが良い品物だった。

けれど、このドレスはあきらかに別格だ。

夢見るような美しいドレスに、ヴィオラは時を忘れて見蕩れたのだった。

そして、舞踏会の当日。

馬車で迎えにきたルーファスは、ドレスを纏《まと》ったヴィオラを見ると満足そうに微笑んだ。

「よく似合っている」

そういう彼も、今日は正装だ。

黒い髪を後ろに撫でつけ、襟に刺繍が入った黒いコートを羽織っている。

――ルーファス様に、初めて会った時を思い出すわ……。

ヴィオラは赤くなった頬を隠すように視線をさげ、そこで首飾りの宝石が目に入った。

「……ルーファス様、装飾品も貸し出していただきありがとうございます」

今夜の装飾品は、全て彼が貸与してくれたものだ。

ルーファスは貸すのではなく贈ると言ったが、さすがに金額が大きすぎるので固辞した。

――ありがたく貰っておけば良かったかしら？

お屋敷が手に入ればそうするつもりのように、売却してシエラの持参金に充てるべきだったのかもしれない。

でも、売りたくないと思ったのだ。

このドレスもそう。ルーファスからの贈り物を、ヴィオラは売りたくないと思った。

――お屋敷は仕事の報酬だけれど、ルーファスさまのは贈り物だものね。

なんとなく自分に言い訳をして、視線を揺らす。

「そうだ、ヴィオラこれを」

装飾品と聞いて思い出したように、ルーファスが懐《ふところ》から小箱を取り出した。

象嵌《ぞうがん》細工が施された、飴色《あめいろ》の平たい箱である。

促されるまま受け取って蓋を開けると、ベルベットの上には一対のイヤリングが置かれていた。

「綺麗……」

イヤリングには小指大の琥珀がはめ込まれ、レースのようなフィリグリーで縁取られている。

「君への贈り物だ」

また贈り物だ！　ヴィオラは慌てて蓋を閉めた。

「いただけません！」

「君は頑なに断るが、舞踏会に誘ったのは私だ、これぐらいは受け取ってくれ」

ルーファスはネックレスを贈ろうとしたが、ヴィオラが断るので、少し安価なイヤリングにしたのだと語った。

それでも宝石の大きさからして、相当な金額であるのは間違いない。

「宝石は私の瞳の色に合わせた……君に着けてほしい」

美しい顔を寄せて囁くルーファス。

ヴィオラはおそるおそる、彼の瞳を覗き込んだ。

深く透明な琥珀色。それと同じ色の宝石。

――女性に自分の色を纏わせるのは……。

独占欲の証。それが分からないほど鈍くはない。

ルーファスはこのひと月も毎日のようにここへ通い、ヴィオラを抱いていた。

――閣下は、結婚前の、ひとときの恋愛を楽しんでおられるのかしら。

もしくは。

――私を、本当の愛人にしようとしている……とか。

ルーファスは、自身が女性嫌いを克服したら、それなりの身分がある相手と結婚をするから、はじめから愛人がいるなど許されないと言っていた。

だが彼はまだ結婚に乗り気ではないようだし、このままヴィオラとの愛人関係を続けたいと考えていても不思議はない。

――そう望まれたら、私はどうするのだろう。

今回は報酬目当てに飛びついたが、誰かの愛人になりたいなんて考えたこともなかった。

だけど、ルーファスのことは――好きだ。

この先も一緒にいられるなら嬉しい。

しかし愛人として囲われるのは性に合わないから、恋人として付き合い、ヴィオラもどこかで働くというのがいいかもしれない。

――だけど私は妻にはなれないから、いつか彼が誰かと結婚するなら別れなければならない。

たとえいま彼にその気がなかったとしても、先のことなど誰にも分からない。

なにしろ彼は公爵、結婚はいわば国事である。

そしてヴィオラは妻のいる人と関係を持つ気がないから、そうなれば彼との関係も終わりだ。

結婚を望めないひととの関係を続けるというのは、そういうことである。

――その時に、ルーファス様のこと、いまよりもっと好きになっていたら？

思い出すのは、アンリとの会話。

『君がルーファス様を愛してしまったら、別れるときに辛くならないかと心配なんだ』

この気持ちが『愛』にまでなってしまったあとでは、きっと苦しい。

――ルーファス様との関係は、やはり半年間だけにするのがいいわ。

身分違いの相手に入れ込むべきではない。

彼と過ごした時間は、良い夢だったと割り切るのが正解だろう。

――うん、大丈夫、私はわきまえている。

自分はルーファスの『友人』であり、ひとときの遊び相手。

万が一、彼に『本当の愛人にならないか?』と言われたとしても断る。

けれど——それまでの間だけはヴィオラも彼とひとときの恋を楽しんでも良いのではないだろうか。

そんな風に考えてしまうぐらいには、ヴィオラの気持ちはいま、舞い上がっていた。

胸のときめくまま、小さく頷く。

「ありがとうございます……受け取らせていただきます」


ルーファスと並んで王宮の大ホールに足を踏み入れると、周囲の視線が一斉に突き刺さった。

その形相からは『ギョッ』という音が聞こえてきそうだ。

——そりゃそうよね。

王弟であり、公爵であるルーファスの隣に、あの悪評高いヴィオラ・フィランティがいるのだから。

——私は、こういう視線に慣れているから、どうってことないけれど。

ルーファスは大丈夫だろうか。

心配になってちらりと隣へ視線を送る。

彼はいつも通り堂々としていて、ヴィオラの視線に気付くとにっと口端を上げた。

「みんな君を見ている」

ルーファスが軽く身をかがめてヴィオラに耳打ちする。

「それは、私のようなものが閣下の隣にいるから……」

「違うな」

ルーファスは近くを通りがかった使用人から、ワインの注がれたグラスを一つ取り上げ、ヴィオラの前に掲げた。

「君が美しいからだ」

煌《きら》びやかなシャンデリアの光がグラスに反射する。

「以前の君も美しかったが、無理に咲いた薔薇《ばら》のようで痛々しくもあった」

ルーファスのドレスは、確かにヴィオラからその痛々しさを取り払ったのだろう。

グラスには年相応の淑女が映っている。

――でも私の過去が無くなるわけではないし、悪評が消えるわけでもないわ。

だからやっぱり、この場にいる人々の感情は『あの悪女がルーファス閣下の隣にいるなんて』なのだ。

分かっているのに、ついついルーファスの褒め言葉を真に受けそうになる。

「陛下は……まだいらっしゃらないな」

大ホールを見渡してルーファスが呟く。

「では陛下への挨拶の前だが、先に君と踊っておくとするか」

気軽な様子でルーファスがヴィオラをダンスに誘う。

「え、踊るのですか？」

驚いたが、考えてみれば舞踏会なのだからダンスは付きものだ。

――だけど私、踊れるのかしら？

ダンスは家が没落する前に習っており、治療費のために結婚相手を探していた時にも少し経験したが、あまり自信はない。

――先に言っておいてくれたら練習しておいたのに。

ヴィオラはじとりとルーファスを睨んだ。

――ルーファス様だって、ダンスはあやしいわよね。

彼は女性嫌いだから、舞踏会のダンスも最小限に抑えてきたはず。

これだけ二人が注目されている場所で、どちらかが足を踏みでもしたら、ルーファスまで笑いものになってしまう。

戸惑っていると、ルーファスがヴィオラの手を取り、腰を折ってその甲に口づけた。

「ヴィオラ・フィランティ殿、どうか私と踊っていただけませんか？」

切れ長の双眸に輝くアンバーの瞳が、上目遣いにヴィオラを見つめる。

――不意打ちだわ。

ルーファスからこんな風にダンスに誘われるなんて。

嬉しいのと、驚いたのと。胸がいっぱいになって、まあいいかという気持ちになった。

「……はい」

頬を染め、ルーファスの手を取る。

そして曲目が変わったタイミングで、ホールの中央へと歩み出た。

近くの人々が、ヴィオラたちに気付いて距離を取り、好奇心と嘲《あざけ》りの混ざった視線を寄越《よこ》す。

二人はそれをさらりと無視して、楽団が奏でる華やかな音楽に合わせて踊り始めた。

彼のリードでステップを踏み、腕をくぐるようにターンをすれば、ドレスの裾が軽やかに舞い上がる。ルーファスに腰を支えられたヴィオラは、そのまま弓なりに体をしならせた。

「上手いじゃないか」

ヴィオラの顔を覗き込み、ルーファスが微笑む。

——上手いのはルーファス様だわ。

心配とは裏腹に、ルーファスの動きは非常に優雅で、洗練されていた。

彼のリードで踊っていると、自分まで上手くなったような気がする。

高揚感に包まれて、ヴィオラは彼に視線を返した。

すると更に、ごく僅かだけれど、互いの顔がまた近づく。

あと少しで、鼻先が触れ合うという距離に。

ともすれば、唇が触れ合うかもしれないほどに。

――どうしよう……。

心臓の鼓動が大きすぎて、ダンスの曲が聞こえない。

――このまま、時が止まってしまえばいいのに。

馬鹿なことを考えている。

ヴィオラはそんな自分に苦笑すると、小さく頭を振った。

さらにダンスを続けて行くうちに、周囲の視線が変わっていくのに気付いた。

好奇から興味へ。

嘲りから賞賛へ。

一曲、そしてもう一曲と踊り終える頃には、はっきりと賛辞の声が聞こえるようになっていた。

「いや、素晴らしい……さすがはオンズワルト公爵閣下！」

「お見事でございました！」

彼らの言葉は全てルーファスへ向けられていたが、ちらりちらりとヴィオラを見る視線には、驚愕《きょうがく》の色がある。

ルーファスの誘導があったとはいえ、ヴィオラも見事に二曲踊りきったのだ。

ヴィオラが淑女教育を受けた立派なレディだという、なによりの証になったに違いない。

――ルーファス様のおかげだわ。

周囲からの侮蔑はヴィオラの自業自得だから、あまり気にしないようにしていたけれど、いまは正直ちょっとばかり気分が良かった。

「ルーファス様、陛下がお呼びです」

ダンスが終わったのを見計らって、サミュエルが使用人を寄越した。

王族席にいるサミュエルの元へ二人で向かい、まずは形式通りの挨拶を交わす。

「陛下、本日はお招きいただきありがとうございます」

サミュエルはにこやかに「よく来てくれた」と応じた。

そしてヴィオラを見て、僅かに眉を上げる。

「しかしヴィオラ嬢の変わりようには驚いたな、見違えたよ」

そう言うサミュエルの視線には、しかし困惑が混じって見える。

——やっぱり陛下は私を歓迎していないわよね。

礼儀に則《のっと》って頭を垂れた先で、ヴィオラは居心地の悪さを感じ、んーっと顔をしかめた。

「さてルーファス、お前とぜひダンスを踊りたいという女性がいる」

——踊りたい女性？

それはたくさんいるだろうな、と納得するヴィオラの横で、ルーファスが「まさか」と呟いた。

サミュエルが、少し向こうで談笑する一団へ向けて手招きをする。

反応したのは淡い金色の髪に緑色の瞳、あどけない顔つきをした、若い女性。

ドレスや身に着けている装飾品から、相当な身分だろうと予想がつく。

「ルシブの第三王女イザベル殿だ」

ヴィオラはぱちっと目を瞬かせた。

――あの方が。

「そういうことですか」

ルーファス様と結婚したいと言っているルシブの王女。

ルーファスが嘆息し、サミュエルに向かって首を横に振る。

「彼女が来るとは聞いておりませんが？」

「王族同士の交流も大事な仕事だ、わきまえなさい」

「しかし……」

渋るルーファスの元に、王女が駆け寄ってくる。

「ルーファス様！　お久しぶりです、お会いしとうございました！」

頬を染めてルーファスを見上げるイザベルは、恋をする少女そのもので、ヴィオラの目にも大変可愛らしく映った。

――ルーファス様のことが、本当にお好きなのね。

そう考えた瞬間、胸がキリリと締め付けられるように痛んだ。

「お久しぶりです、イザベル王女」

ルーファスが諦めたように肩を落とし、イザベルに向き直って優雅に一礼する。

「それから、こちらは私のパートナーの……」

続けてヴィオラを紹介しようとしたところで、イザベルがちらりとこちらへ視線を向けた。

「陛下からお伺いしております、ヴィオラ・フィランティ様でいらっしゃいますね」

イザベルはふっと笑みをこぼしてから、口元を手で隠した。

「ルーファス様は、お仕事でヴィオラ様を伴っていらっしゃるのですよね。わたくし、気にしませんから」

仕事で、というのは、サミュエルが王女に使った方便だろう。

王女の声はほがらかだが、その口ぶりはあきらかにヴィオラを軽視している。

ちょっとムッとしたが、ここで腹を立てるのはお門違いと、自分に言い聞かせる。

「ルーファス様、どうぞ王女様と踊ってきてくださいい」

助け船を出したつもりだったが、ルーファスは頬を引きつらせた。

「いや……」

「ルーファス」

渋るルーファスを、サミュエルが窘める。

さらにヴィオラが「ほら、行ってきて下さい」と促すと、彼は諦めたように肩を落とした。

「では、一曲だけ……」

ルーファスがイザベルをエスコートして、ホールの中央へ向かう。

すぐに踊り始めた二人へ、周囲の人々から小さな拍手が湧き上がった。

――そうね、とてもお似合いの二人だもの。

ヴィオラだって、さっきはルーファスと良い雰囲気だったと思う。

だが二度も財産目当ての結婚をした『性悪』なヴィオラと違って、イザベルは真の王女であり、その品格は疑いようがない。

国の誰もが憧れるルーファスの隣に、これほど相応しい相手はいないだろう。

――ルーファス様は、イザベル王女との結婚に前向きではないようだけれど。

ヴィオラの目には、ルーファスとイザベルが踊る姿は、まるで一対の人形のように見えた。

「弟とイザベル王女はお似合いだ、君もそう思わないか？」

「え？　あ……はい、思います」

「それだけではない、あの二人の結婚は国に利益をもたらす」

淡々とした、けれど重みのある声だった。

「ルシブで採掘される璃緑晶《りりょくしょう》は、近年我が国で増えている赤痣病の治療薬になる」

「……存じております」

璃緑晶は、ルシブの鉱山から採掘される非常に貴重な鉱物だ。

その純度の高さから装飾品としても人気があるが、粉末にして服用することで、赤痣病の治療薬としても利用されている。採掘量は少なく、この国に出回るのはさらに僅かだ。

赤痣病の治療に莫大な費用がかかるのもこれが原因である。

「ルシブは、ルーファスとイザベル王女の縁談が成立すれば、これの輸出量を増やしても良いといっている」

「……それは、すごいことですね」

赤痣病の治療費を捻出できず、涙を飲んだ女性がどれほどいることか。

それが僅かでも安価で手に入るようになれば、多くの人が助かるだろう。

「ルーファスは政略結婚などせずとも、他の方法があると言っているが……」

意に染まぬ結婚をしたくないというルーファスの気持ちも、確実な手段を選びたいサミュエルの思いも理解できる。

「ルーファスが女性嫌いを克服できなければ、二人にとって不幸な結婚となる。別の方法を模索するのも良いかも知れないが、克服できたなら、どちらも同時に進めればより確実だ。ルシブとの絆を深めることもできる」

サミュエルの言うことはもっともだ。

「君のおかげで、ルーファスの女性嫌いはずいぶんやわらいだ。しかし想定より君にのめり込んでしまっている。この辺りで別れてもらうのがよいだろう」

ルーファスによく似た形の眉を下げ、サミュエルが静かに続ける。

「五千万リベラを支払おう。もちろん、あの屋敷も君の物だ。そして今夜をもって、弟との愛人契約

158

は終了とする」

ヴィオラはようやく、自分が今日の舞踏会に呼ばれた理由を理解した。

この場で愛人契約の終了を告げるため。

もしも、ヴィオラが身の丈に合わない夢を見ていた時は、現実に引き戻すつもりだったのかもしれない。

――愛人契約を……終了。

すぐに言葉が出てこず、ただ唇が戦慄《わなな》いた。

サミュエルが棒立ちになるヴィオラからふいと視線をそらし、身を翻《ひるがえ》して去って行く。

その背中が見えなくなると、ヴィオラは大きく息を吐き出した。

知らず知らずのうちに息を止めていたのだ。

深呼吸をしようと、長く息を吸い込み、それから、ようやく現実が飲み込めてくる。

――ルーファス様と、今夜でお別れ……。

当初の目的である五千万リベラが手に入るということよりも、そちらで頭がいっぱいになった。

もちろん、いずれは別れるつもりだった。

――だけど、こんなにも急に、その時が来るなんて思わなかったから……。

咄嗟に、嫌だと思った。

嫌だ、ルーファスと別れたくない。

助けを求めるように視線を中央へ戻せば、まだルーファスはイザベルとのダンスの途中だった。

高い天井から降り注ぐシャンデリアの光が二人を包み込んでいる。

――あ、眩しい。

ヴィオラは無意識に一歩、後ずさった。続けて一歩、もう一歩。

気がついた時には、ヴィオラはホールから逃げ出していた。

――私は、わきまえていると……そう思っていたのに。

とんでもない、自分は愚かで、身の程知らずな人間だった。

――なんだか、胸が気持ち悪い。

外の空気が吸いたくて、庭へ出た。

ベンチに座って休もう。そう決めて辺りを見渡した時、奥の方に人影が見えた。

男女の逢い引きだと思い、すぐに目を逸《そ》らそうとしたが、二人とも男性だ。

その空気は深刻そうで、もちろん愛を語らっている様子ではない。

――あんな暗い、ひとけのない場所で……密談かしら。

どちらにせよ、じろじろ見て良い場面では無さそうだ。

ヴィオラは他の休憩場所を探そうとして――雲間から月光が差し、男の横顔がほんの一瞬照らし出された。

「……あの人」

見覚えがある。

だが、どこで見たのだったか。思い出せない。

ヴィオラは彼の顔をもっとはっきり捉えようと、足音を忍ばせて近づいた。

木陰に身を隠し、じっと見つめる。

「あっ」

記憶が繋がった瞬間、思わず声が出て、ヴィオラは両手で口を覆った。

――思い出した！

彼はこの国の子爵で、エルマンの友人だ。

エルマンとの結婚式に出席していて、直接紹介されたので覚えている。

――一緒にいるのは……誰かしら。

こちらは知らない男性だ。

この国ではあまり見ない、珍しい形のコートを着ている。

「……誰かいるのか？」

男がこちらを振り向く。

ヴィオラは慌ててその場を逃げ出した。そして会場の近くまで戻ってから振り返ると、男たちの姿はすでにそこから消えていた。どうやら立ち去ったようである。

――いまの、なんだったのかしら……。

心臓が激しく動いている。

——一応、ルーファス様に知らせたほうが良いかしら……。

ヴィオラは窓越しに屋内を見つめた。

先ほどと曲目が変わっているようで、ルーファスとイザベルのダンスも終わったようだ。

王族席に視線を移すと、サミュエルを交えた三人で談笑しているのが目に入った。

さっきのいまなので、さすがにヴィオラは近寄りづらい。

と、窓ガラスに映る自分の左耳から、ルーファスから贈られたイヤリングがなくなっているのに気付いた。

——落としたかしら?

だとすれば、いま逃げ出した時だろう。急いでいたから、枝にでも引っかけたに違いない。

ヴィオラは背後を振り返った。

あのイヤリングは、きっとルーファスからの最後の贈り物となる。

——エルマンの友人のことは……別に急ぐことでもないわよね。

ちりりと焼け付くような胸の痛みに促されるように、ヴィオラは身を翻した。

念のため、男がいた場所を遠目に確認してから、イヤリングを探す。

先ほど身を隠した木陰まで戻ると、すぐに地面に光るものを見つけた。

——あった!

ほっと胸を撫で下ろしたその時、背後から男の声がした。

「さっきから女が庭でひとりうろうろしていると思ったら、ヴィオラ・フィランティじゃないか」

どきっとして振り返ったが、さっきの男とは別人だ。

——誰？

男は中年で、身なりから地位は高そうだが、顔つきがとてもいやらしい。

ルーファスと出会う前のヴィオラなら、彼こそが運命の人だと思ったかもしれないが——。

——いやな雰囲気ね、さっさとホールへ戻ろう。

素早くイヤリングへ手を伸ばす。

しかし男はヴィオラの体を押しのけると、先んじてそれを拾い上げた。

「なるほど……庭で男と逢い引きをしていたのか。淫売というのは忙しいものだな」

イヤリングを落とした理由をどう解釈したのか、男がにやりと笑う。

ヴィオラはきつく男を睨みつけた。

「返して！」

イヤリングを取り返そうと伸ばした腕を掴まれた。

「あの冷徹と評判のオンズワルト公爵まで手玉に取るとは……金なら払うから、私にもその手管とやらを見せてくれ」

「ちょっと、やめっ……」

ぐっと迫られ、顔を逸らす。

――お酒臭いっ。

男は相当酔っているようである。

両手を使って必死に男を押しのけようとするも、力で敵《かな》うはずがなく、ヴィオラは背後の木に体を押しつけられた。

「いやっ……！」

「何をしている！」

男の顔が近づき、あわや口づけられるという所で、ルーファスの声が響いた。

見れば彼は厳しい顔つきで、会場からこちらへ向かって来ている。

「ルーファス様……」

助かった。ヴィオラは素直に胸を撫で下ろした。

「貴殿は、彼女が私のパートナーだと知っていて襲ったのか？」

冷たい声で男を問い詰めるルーファス。

男は文字通り震え上がると、「違います！」と叫んだ。

「私は、彼女に誘われたのです！」

「なにを……」

ヴィオラはぎょっとしたが、男は悪びれることなく手のなかのイヤリングをルーファスに見せた。

「私の前にも、彼女はここで男と逢い引きをしていて、これを落としておりました！」

ルーファスはそれを一瞥してから、ヴィオラへ視線を移した。言い訳を待っているのだ。

――言い訳……。

どうして自分が、と、胸が苦しくなった。

ヴィオラはなにも悪いことをしていないのに。

――分かっているのよ。

庭にひとりでいたのも軽率だったし、なによりヴィオラは普通の令嬢ではない。

評判はすこぶる悪く、こんな男につけいる隙を与えた。

言い訳を聞いてくれようとするルーファスは寛大だ。

だけどヴィオラは、ルーファスにすぐ庇《かば》ってほしかった。

なにも聞かずとも、なにも言わずとも。

「ヴィオラ？」

ルーファスが怪訝そうに名前を呼ぶ。

そしてその背後から、サミュエルとイザベルが歩いてくるのが見えた。

彼らはこちらの様子に気付くと足を止め、イザベルのほうは扇を取り出して口元を覆った。

続けてサミュエルと目が合う。彼は小さく頷いた――ような気がした。

――帰ろう。

ヴィオラは自然とそう思った。

そうだ帰ろう。自分のいるべき世界へ。

「……もう、ルーファス様ったら邪魔をなさらないでほしいわ」

ヴィオラは片手で男を押しのけると、イヤリングを奪い取り、自分の左耳につけた。

「そう、私はここで男を誘っていたのです。こうしてね、イヤリングを落としたふりをして庭にいると、彼のような男がふらふらと追いかけてくるの」

「ヴィオラ、なにを言っている？」

「新しい相手を見つけようとしていたのだから、邪魔をなさらないでと言っているのです」

髪を後ろにかきあげ、唇で弧を描く。

「閣下にはもう飽きました、今夜をもって、私たちの関係も終わりにしてください」

きっぱり言い切ると、少しだけ気持ちが軽くなった。

ルーファスは琥珀色の目を見開き、言葉を失った様子でこちらを凝視している。

――この場から逃げ出したい。

他のことはなにも考えられず、ヴィオラはルーファスの横を通り過ぎようとした。

「放してください」

だが、腕を掴まれた。

「まだ、話は終わっていない」

「私のほうはもう終わりました」

「ヴィオラ、いい加減に……」

「もう、ルーファス様の愛人でいるのは疲れたのです！」

視界の端で、イザベルが軽く眉を上げたのに気付いた。

彼女がいるのに『愛人』という言葉を使うのはまずかっただろうか。しかし、これぐらいのことはそちらでフォローしてほしい。こちらはもう、いっぱいいっぱいだ。

ヴィオラは彼の手を振り払おうとして――想像以上の力が込められていることに気付いた。

「こちらへ来なさい」

逆に、ルーファスがヴィオラの腕を引いて歩き始める。

「ルーファス！」

サミュエルが呼び止めたが、彼は足を止めることなく、視線だけを兄へ向けた。

「今夜はここで失礼いたします、兄上」

断固とした口調で言い切り、ヴィオラを連れて会場を通り抜ける。

途中で使用人を呼び止め、宮殿の正面に公爵家の馬車を用意させると、ヴィオラを押し込むようにしてそこに乗り込んだ。

「ルーファス様！」

ヴィオラは、何度目かの抗議の声を上げた。

「私はひとりで帰れますから、ルーファス様は会場にお戻りください！」

「それで、君が他の男のところへ抱かれにいくのを見送れと？」

馬車に取り付けられたランタンが、暗い車内を照らし、ルーファスの琥珀色の瞳を浮き上がらせる。

凍てつく氷の矢のような視線が、まっすぐにヴィオラを貫いた。

「できるはずがないだろう」

獣がうなるような声だった。

馬車がゆっくりと動き始める。

ルーファスは車内のカーテンを閉めると、ヴィオラの背後に手をついて、噛みつくようなキスをした。

「ぁ、っ」

逃げようと、縋《すが》るように宙に伸ばした腕を掴まれる。

下肢は彼の体にしっかりと押さえつけられ、まるで身動きが取れない。

顔を逸らそうにも、振動があるから、ともすれば彼の舌を噛んでしまいそうで怖く、結局は耐えることを選んだ。

「ふ、っ」

狭い車内にくぐもった声が響く。唾液の混ざる音も。口づけは角度を変える度に深くなり、時折車輪が石を乗り上げると、車体が大きく揺れて互いの動きが止まり目が合う。

その度に、ここが馬車のなかであることを思い出し、ヴィオラは羞恥を堪えることになった。

「だ、め……る、ふぁす、さま……」

キスの合間に言葉でささやかな抵抗を試みるも、ルーファスは応えず、ドレスの胸ぐらをさげるようにして膨らみに手を伸ばした。指の付け根で膨らみの先端を挟むようにして揉まれ、はしたない声が漏れる。

「ぁ、あ……」

こんな場所で――と思うのに、体は丁寧に彼の愛撫から快感を拾い上げていく。

ルーファスはしばらく乳房への愛撫を続けていたが、ヴィオラが腰を揺らしているのを見ると、もう片方の手を下へと伸ばし、ドレスの裾をたくし上げた。

脚を手の平で撫でながら、奥へと手を這わす。

肌着越しに指で秘所に触れ、その場所がすでに濡れていることに気付くと、ルーファスは息を吐くように小さく笑った。

「濡れているな」

羞恥を煽る言葉に、頬がかっと赤くなる。

ルーファスは愛撫の手を止めることなく、長い指で何度も割れ目をなぞった。

その度に、じわりと蜜が滲《にじ》んでいく。最近は、彼の望みでドロワーズではなく、股の付け根から下には布地がない下着を身に着けている。ルーファスは指でひっかけるように、秘所を覆う部分を指でずらした。直の刺激に、ヴィオラは思わず体を浮かせた。

「やぁ、あっ……」

「あまり大きな声を出すと、外に聞こえるぞ」

——誰のせいで。

そう言い返したかったけれど、口を開くと嬌声が漏れそうだ。

せめてとばかりに薄青色の瞳に涙を溜《た》めて睨んでみたが、彼は愉しそうに唇を歪めるばかりだった。

ルーファスが、ぷくりと盛り上がった肉唇の間に指を埋めていく。

小さな襞を開き、膣壁を割り開くようにして、指の第一関節あたりまで挿入したところで、一度動きを止めた。

「他の男と遊んでいてイヤリングを落としたというのは、偽りだったようだな」

ぐいと指を曲げ、媚肉の固さを確かめるようにしながら、ルーファスが呟く。

淡々とした声からは、感情を読み取れない。

「そ……れは、っ」

なにか言わなければと思い、けれど彼の愛撫のせいで思考がまとまらない。

ルーファスの指が奥まで挿入される。すぐに激しく抽挿され、たまらず喉が仰け反った。

「んっ、ぁ、ふ……っ」

彼の指が、体のなかにある悦いところを掠《かす》める度、愛液があふれ出て、ぐちゅぐちゅという淫靡《いんび》な音が大きくなる。

「っ、……っ、ぁ」

蠢く指は二本に増え、さらに激しく、深く中を行き来する。ヴィオラはきゅっと唇を横に引き結んで快感に耐えた。

馬車が小さく前後に揺れて止まったのは、ちょうどその時だった。

別の馬車と交差するのに、一時停止をしたのだろう。カーテンを閉め切っているから、ここがどこかは分からないが、往来であることに違いはない。

そのことを思い出して、ヴィオラはふるふると首を横に振った。もうやめて。そう訴えたのに、ルーファスは無情にも指を更に奥へ挿入すると、手の平でぐいっと陰核を押しつぶした。

雷光のように鋭い快感が、背筋を走り、脳天を貫く。一瞬、目の前がちかっと暗転し、背筋が弓なりに跳ねた。

「はぁ、っ……ん！」

悲鳴のような声が漏れそうになるのを、キスで塞がれた。

快楽の余韻を持てあますヴィオラの体をルーファスが抱きしめる。そして、眦《まなじり》からぽろりと落ちる涙を唇で拭い取った。

おそるおそる彼の目を見る。

アンバーの瞳に宿るのは確かな情熱。

けれどその眼差し《まなざ》に捕らえられたヴィオラは、零下の夜に放り出されたように体を震わせた。

彼の瞳に宿る温度は熱い。それなのに、凍えそうなほどに冷たい。

再び馬車が動き出す。

ルーファスは、ヴィオラを強く抱きしめたまま、耳元で低く囁いた。

「君が誰のものなのか、その体にわからせてやる」


「ルーファス様、いったいどうなされたのですか！」

舞踏会からの帰宅にしては早い時間である。

ヴィオラを両手で抱えて戻ってきたルーファスに、アデラが驚きの声を上げた。

「寝室に入る、朝まで世話は不要だ」

大股で歩きながら、アデラを振り返ることなく告げる。

ヴィオラの方も、馬車での行為の熱がまだ生々しく体に残っていて、恥ずかしく、ルーファスの胸に顔を埋めていることしかできなかった。

ルーファスが荒々しく寝室の扉を開け、なかに入る。

そしてヴィオラをベッドの端に、うつ伏せになるように下ろした。

「ルーファス様……こういうことは、もう！」

おやめください——そう抗議しようと、振り返ったところでキスをされた。

達したばかりの身体に、甘い疼きが蘇《よみがえ》る。

抵抗の力をなくしたところで、ルーファスはヴィオラのドレスの裾をたくしあげ、下着を脱がせた。

「……なにを、っ」

驚くヴィオラを無視して、ルーファスは手早く自身の前をくつろげた。

それから自らの昂《たか》ぶりを、泥濘に押し当てる。

ヴィオラはなにをされるのかを察し、体を起こして抵抗しようとしたが、後ろから覆い被されて、両手をシーツに縫い付けられた。

——こんな格好で！

後ろからだなんて、まるで獣の交尾ではないか。

初めての体位、それもドレスを着たままという状況に、ヴィオラは小刻みに首を横に振った。

「や、め……ぁっ」

体を反らして逃げようとするヴィオラを、ルーファスは上から押さえつけ、奥まで一度に貫いた。

「はぁ……や、っ」

呻くような声が漏れた。

ルーファスが続けて腰を突き上げる。

いつもと違う角度で膣のなかを削られて、ずんと重たい感覚がヴィオラを襲った。

理性など、ひとたまりもないほどの強烈な快感。

激しく最奥を叩かれる。気持ちがいい。なにも分からなくなる。

ヴィオラは彼の重みの下で必死に身をよじった。

「や、ぁ」

ベッドに押し当てた顔からは、涙やら唾液やらが漏れて染みをつくっている。

さらに舞踏会のために綺麗に結い上げた髪もほどけ、シーツの上にまだらな波を描いた。

はしたない。

痴態にもほどがある。

頭では理解しているけれど、もはやどうしようもなかった。

「……っ」

ルーファスが、堪えるような息を吐く。

そしてすでにヴィオラが快楽に我を失っているのを見ると上体を起こし、細い腰を両手で掴んだ。

「はっ、あ……、ぁあ、っ」

さらに激しく揺さぶられて、目の前で一瞬、ちかっと火花が散ったような気がした。

互いの肉がぶつかる音がする。繋がっている場所が泡立つ音も。

ヴィオラは顎を上げ、喘ぎ声を上げた。

全身が引き絞られるようだ。高みが近づいている。

すでに馴染みのある感覚ではあるけれど、この瞬間はいつだってたまらない気持ちになる。

ルーファスの突き上げがさらに深く、速くなる。

ヴィオラは両手を伸ばし、縋《すが》り付《つ》くようにシーツを掴んだ。

「ぁ、ぁあっ……はぁ、っ」

全身に満ちた快楽が弾ける――そう思った瞬間、彼が自身をつぷんと引き抜いた。

「……ぁ、っ」

思わず名残惜しげな声が漏れた。

どうして？　あと少しで、一番気持ちの良い場所に行けたのに。

身をよじって振り返ると、ルーファスはどこか行き場のないような顔をしていた。

「君の顔が見たい」

ばつの悪そうな声だった。これだけ好きに抱いておいてなにを今さら。ルーファスの顔には、そう書いてある。

ヴィオラだってそう思ったけれど……思考とは裏腹に、心は締め付けられるほどにときめいて、嬉しかった。彼を愛おしいと思った。

こくりと頷く。ルーファスは熱を逃がすように短い息を吐いてから、ヴィオラのドレスを脱がし、自らもまた生まれたままの姿となった。

ベッドの上で、汗ばんだ肌を重ねて抱き合う。

口づけをする。舌を絡めて、深く、深く。

一度離れた互いの性器を、重ねるでもなく、ぬるりと擦り合わせた。

――おかしいのね。

男女の触れあいというものは。

お互いの一等弱い場所をさらして、重ねて、ぬくもりを分かち合う。

もしかすると、心も同じなのかもしれない。

――ルーファス様の……。

彼の心にはじめて触れた時、感じたのは冷たさだった。

それから優しさを知り、柔らかい所を知り、ぬくもりを知った。

たった数ヶ月という時間ではあったけれど、ヴィオラは彼の心に触れ、惹かれていったのだ。

そんなことを、考えるともなしに考えて、はたと気付いた。

ああ、そうか。

自分は、もうとっくにルーファスを愛していたのだ。

――瞳には、その人の心がにじみ出る。

いま思えば、あの日、舞踏会で肩がぶつかったあの一瞬。

彼の琥珀色の瞳に囚われた時から、ヴィオラの心が向かう先は決まっていたのだ。

「私の、愛人になればいいだろう」

絞り出すような声だった。

「望みはなんだ、なんでも言えばいい……君は最初に言っていたな、贅沢な暮らしがしたいと。させてやる、だが、他の男に抱かれるのは許さない」

ヴィオラは小さく微笑んだ。

――贅沢な暮らし。

確かに、ヴィオラははじめにそう言った。

ルーファスの愛人になれば、あらゆるものが手に入るだろう。

たとえば蠟燭や、暖炉の薪の消費を気にしない生活。

けれど、いつ失うか分からない彼の愛をよすがに生きるのは、きっと不安だし、寂しい。

なにより――。

「私は、君以外に妻はとらないし、結婚もしない……君だけだ」

ヴィオラでは、なんの役にも立てない。

せいぜい彼の評判を下げるぐらいで、ヴィオラの存在は彼の役にも、国の役にもたたない。

そして、そんなことを思いながら彼の側にいるのは、辛い。

ヴィオラの心は、すでに決まっていた。

「……はい」

頷くと、ルーファスはほっとしたように表情を和らげ、キスを落とした。

それからゆっくりと、肉杭を蜜壺のなかへと埋めていく。

「ぁ、っ」

ヴィオラは顔を逸らして喘いだ。

体が彼のもので満たされる。

気持ちが良くて、幸せで、けれど切ない。

最奥まで自身を埋めたルーファスが抽挿を開始する。

動きはすぐに速くなって、ヴィオラにこの世のものとは思えない快感を与えた。

目の前がちかちかする。

ヴィオラは彼の体に脚を絡みつかせた。

腰を浮かせ、繋がった場所を彼に擦りつけるようにしてよがる。

逞しい背中に腕を回し、ぴたりと隙間なく肌を合わせた。互いの境界線は曖昧で、どろどろに溶けてしまいそうだ。

「はぁ、あ……っ」

さきほど掴みそこねた快楽の頂きが、ふたたびそこに迫っている。

「……くっ」

さらに強く、最奥を叩かれた。

ヴィオラのなかを渦巻いていた大きな快楽の波が、一点でぶつかり、砕ける。

「あぁ、ぁっ……ん、っ」

背をしならせて喘ぐヴィオラに、ルーファスが口づけた。

続けて数度、奥を貫く。

絶頂のなかでさらに与えられる刺激に、たまらずヴィオラは膣のなかをきゅうと締め付けた。

瞬間、熱いものを奥に放たれた。

――ルーファス様。

満たされていく。

ヴィオラは小さく体を震わせた。

愛する人に求められて、ヴィオラはいま、紛れもなく幸福だった。

――この瞬間のぬくもりを、思い出に連れ行こう。

唇で弧を描き、同時に眠気を感じる。

色々あった上に、二度も達したからだろうか。

ゆっくりと目を閉じる、その間際。

「ヴィオラ」

涙でにじむ視界にルーファスを捕らえて、ヴィオラはそっと、涙を流した。

第三章

翌朝、まだ早い時間に、王宮からの使いがルーファスを呼びに屋敷にやってきた。

ルーファスはまだ眠ったままのヴィオラをアデラに任せて王宮へと戻り、そこでサミュエルから叱責を受けたのだった。

王族の一員である自覚の欠如、イザベルの前での振るまい。

書斎で兄と向かい合って座り、黙って話を聞いていたルーファスは、ヴィオラのことに話が及ぶなり口を挟んだ。

「兄上、昨夜、私がイザベル王女と踊っていた時、ヴィオラになにかおっしゃいましたか？」

ヴィオラに訊《たず》ねれば良かったが、ルーファスも頭に血が上っていた。

こうなったらサミュエルに聞いたほうが早い。

サミュエルはすんなりと頷《うなず》いた。

「お前との愛人関係を終了するように言った」

「身勝手すぎます。愛人をあてがっておいて、ご自身の都合で取り上げるなど」

「私がお前にヴィオラ嬢をあてがったのは、お前の女性嫌いを癒やし、王女と結婚してもらうためだ」

「お前もそれは分かっていたはずだ」と続けるサミュエルに、ルーファスはため息をついた。

「私は王女と結婚するつもりはありません」

「ルーファス……」

「璃緑晶のことなら、東洋と交渉をしていると申しあげたはずです」

ルーファスは厳しい口調でそう言った。

「東洋の島で、璃緑晶が豊富に採掘される鉱山が見つかったのです。その輸入ルートが確立されれば、ルシブに頼らず、国内でもいまより安価に赤痣病の治療ができます」

逡巡《しゅんじゅん》の末、言葉を続ける。

「それに、ルシブと繋《つな》がりを深めるのがよいこととは限りません」

「どういうことだ？」

「以前、エルマンの逃亡先がルシブであるようだとご報告を差し上げましたが……」

ヴィオラの一人目の夫でもあるエルマン。

彼は禁止されている強力な媚薬《びやく》の販売に手を染めていた。

エルマンは国を追われる前、国内の貴族相手にそれを売りさばいていた。

憲兵によって証拠が集められたが、逮捕の直前に計画が漏れて逃げられてしまったのだ。

ルーファスはその一件に関与していないが、外交使節としてルシブに滞在中、エルマンがそこに潜伏しているのではないかという疑惑を抱いた。

帰国の直前だったため、ハリーを現地に残して調査を続けさせ、ある程度確証を得たところでサミュエルに報告したのである。

その時にはヴィオラはすでにルーファスの愛人に決まっていたから、この件とは無関係だ。

「もちろん、その話は覚えている。お前が外交使節としてルシブに滞在中、エルマンが取り扱っていたという媚薬を見たのだろう」

エルマンの媚薬はその依存性の高さから、大陸にある全ての国で使用が禁止されている。

それを、ルーファスは偶然にもルシブで見かけたのである。

「私は、ルシブ王家の誰かがエルマンを匿《かくま》っているのではないかと思うのです」

「まさか」

「ハリーを使って念入りに調査をさせたにも関わらず、エルマンの居所が掴《つか》めなかった。彼を隠しているのは、ただの貴族ではないのではないかと」

なんとも言いがたいという表情で唸《うな》るサミュエルに、ルーファスは言葉を続けた。

「ルシブとの関係を深めるのも、良いことばかりではなく、時に問題を引き起こす原因になります。そして、私にとって、政略結婚をすることが陛下のお役に立つ唯一の手段ではありません」

兄ではなく、あえて陛下と呼んだ。

「どうか、今後も結婚は私の意志に任せていただけませんか」

深く頭を下げると、サミュエルは長い息を吐いた。

「考えておこう……だが、いずれ結婚はするべきだ。公爵を継いだからには、後継ぎは必要だろう」

「結婚せずとも、たとえば、ヴィオラの産んだ子供を後継ぎにするという方法があります」

「ヴィオラ嬢か……」

額に手を当て、首を横に振る。

「ルーファス、私とてお前には幸せになってほしいと願っている」

サミュエルが机に置かれたワイングラスを手に取り、口に運ぶ。

「それは母の望みでもあった。ルーファス……お前の母君を公妾にしたこと、母はずっと悔やんでいた」

ルーファスの母が公妾となったのは、サミュエルの母の願いだった。

――私の母が、それで不幸だったとは思わないが。

結果的に早世したのもあり、彼女の悔いになったのだろう。

その悔恨は、彼女が亡くなった後、息子であるサミュエルに受け継がれた。

「せめて、お前には幸せな結婚をしてほしいと……私とて兄として、お前の幸福を願っているつもりだ」

ならば、はじめから結婚したくないという意見を聞いてくれてもよかったのでは――と、胸をよぎらないでもなかったが、ルーファスとて兄の考えは分かっている。

国王としては、ルーファスに国益に適《かな》う結婚をしてほしいに決まっている。

そこに今回、ルシブの王女から結婚の申し込みがあったので、ついつい暴走してしまったのだろう。

ルーファスが女性嫌いさえ克服できたなら、この結婚で幸せになれるのではないかと。

——いや、やはり兄上はずれているが。

だから愛人をあてがおうというのは、斜め上すぎる。

「だがヴィオラ嬢では……彼女は美しく魅力的な女性だが、一度も離婚歴がある。それも相手が悪く、世間の評判もすこぶる悪い……彼女では国民の理解は得られないだろう」

「私は、ヴィオラとの結婚を考えているわけではありません。このまま、愛人として関係を続けていければと……」

「ヴィオラ嬢はそう考えていないようだ」

サミュエルは、ぴしゃりと言い切った。

「お前がイザベル王女と結婚すればどのような国益があるか、話をすれば納得してくれた……彼女は聡《さと》く、わきまえた女性だ」

「なんということを……」

思わず言葉を失った。

——それで、彼女は突然あんな態度をとったのか。

身勝手な兄への怒りよりも、自分の言動に後悔が募った。

冷静に考えれば、サミュエルになにか言われたと分かりそうなものなのに、嫉妬に狂って乱暴なことをしてしまった。

——ヴィオラに謝らなくては……。

頭を抱えるルーファスに、サミュエルは「それだけではない」と続けた。

「ルーファス、お前には黙っていたが、ヴィオラ嬢にはお前の愛人を務めたら五千万リベラを支払うという約束をしていた。さらにお前の女嫌いを治せたら、あの屋敷も与えると。いまその条件を呑むと言えば、彼女はすんなり別れることを承諾したよ」

「五千万リベラ……」

その金額にため息が漏れた。

もちろん兄の私財から支払うのだろうが、それにしたってなかなかの大金だ。

「なにをやっておられるのですか、兄上」

「お前に怒られると思い、ヴィオラ嬢にも口止めをしていた」

怒るというよりは呆《あき》れているのだが。

「彼女は分かっているのだ。お前の愛人などという、いつどうなるかわからない立場に縋《すが》るより、まとまった金額を貰《もら》った方がよいと」

――なるほど、五千万リベラは大金だ。

よほど贅沢《ぜいたく》さえしなければ、彼女ひとり、生涯食うには困らない額だ。

ヴィオラは家が没落してから苦労したようだし、その報酬を目当てに自分の愛人になることを受け入れたのも納得がいく。

つい先ほど、ルーファスは彼女に愛人になってほしいと伝えたが、サミュエルから別れるように言われたとき、彼女はまだ、自分たちはすぐに別れると思っていたはず。

まとまった金額を受け取って別れた方が良いというのは、自然な考えだ。

——だが、私の愛人になれば、それ以上の贅沢ができる。

ことが金銭のことなら話は簡単だ。

ルーファスはほっと胸を撫《な》で下ろしかけて、

——贅沢な暮らし……。

そこで頭を振った。

違う。知っていたはずだ、彼女はそんなものを求めてはいないと。

働き者で、倹約家で、自分からの贈り物にいちいち動揺し、受け取ってよいものか狼狽《うろた》えている。

その姿を、ルーファスはこの数ヶ月、誰より近くで見てきた。

——そんなもので、ヴィオラの心を繋ぎとめることはできない。

嫌な予感がした。

「兄上、申し訳ありません……私はこれで失礼いたします」

ルーファスは兄に頭を下げて席を立った。

——早く、彼女に謝らなくては。

頭に血が上り、乱暴に抱いてしまったこと。

——それから、今後のことをよく話さなければ。

ルーファスがヴィオラを愛人に望むのは、これからも一緒にいたいからだということ。

今後、他の誰とも結婚をするつもりはなく、彼女ひとりを大切にしていくつもりだということを。

と、そこでサミュエルの言葉が脳裏に蘇《よみがえ》った。

――いつどうなるかわからない立場……。

結局のところ、結婚が望めないという状況では、彼女が心から安心することはないだろう。

今後、同じようなことがある度にヴィオラは悩み、そして自分は彼女を失うかもしれないという恐怖と戦うことになる。

もしかすると、自分ではない男のほうが、ヴィオラを幸せにできるのかもしれない。

ついそんなことを考えて、ルーファスは慌てて頭を振った。

それから急ぎ屋敷へ戻ると、アデラがルーファスを出迎えた。

「ヴィオラは、まだ寝室か？」

訊ねると、アデラは怒りと呆れが混ざったような表情で首を横に振った。

「ルーファス様がお屋敷を出られてすぐ、ヴィオラ様も目を覚まされ、荷物をまとめて出ていかれました」

「出て行った？　どこに」

「訊ねましたが、ここにはもう戻らないとだけ」

ルーファスは衝撃を受けて立ち尽くしたが、すぐに我に返って寝室へと向かった。

しかしアデラの言った通り、そこにヴィオラの姿はない。

衣装棚の扉は開いたままで、ルーファスが贈ったドレスだけがそこに残されている。

――私に一言もなく、ここを去ったのか。

それだけ、彼女を傷つけたということだろう。

目眩《めまい》をおぼえ、額を押さえる。

そしてテーブルの上に飴色《あめいろ》の小さな木箱が置かれているのに気付いた。ルーファスがイヤリングを贈ったときのものだ。

箱の下には一通の手紙が残されており、ルーファスはそれを手に取った。

手紙は黙って去ることの謝罪から始まり、こう続いていた。

『やはり、ルーファス様の愛人にはなれません、私は、愛人に向いていないようなのです』

「愛人に……向いていない」

呆然《ぼうぜん》と呟《つぶや》きながら、その先に目を通す。

『ルーファス様からいただいたものは、いつか誘惑に負けて売ってしまいそうなので、置いていきます』

てっきり、ルーファスに貰ったものなど持って行けないという理由かと思っていたから、ついガクッと肩が落ちた。

『ですがイヤリングの左片方は一度落とし、それを男性が拾った後に取り戻したものです。一旦は遺失物になった物ですから、もしそれを売ったとしてもルーファス様からの贈り物を売ったことにはならないようなな……なるようなな……ならないということで持って行くことをお許しください』

——どういう理論だ。

その後には、ルーファスの幸せを願う短い文章が続いているだけだった。

試しに木箱を開いてみると、確かに右片方だけがそこに残っている。

「……どうせなら、両方持っていけばいいだろう」

片方だけ持っていっても、使い道などないだろうに。

ただ、彼女がその心の全てを置いていったわけではないという事実が、ルーファスをほんの僅か安《あん》堵《ど》させた。

そこに、アデラが様子を見に来た。

「ルーファス様、私は、あなたをもっと紳士だと思っておりました」

「……どういうことだ」

「あんなにいい子の心をもてあそんで……」

ルーファスは食い気味で言い返した。

「もてあそんでなどいない」

アデラは頭を振った。

「陛下も陛下なら、ルーファス様もルーファス様です。あの子は誰かの愛人なんかじゃなく、ひとりの男性に心から愛されて、幸せになれる子でしょう。結婚してやれないなら、最初から手を出すべきではなかったのです」

彼女の言うことは至極まっとうで、返す言葉もない。

「ルーファス様、どこへ行かれるのです」

木箱を懐に入れ、部屋を出ようとするルーファスに、アデラが訊ねる。

「ヴィオラを追いかける。なんにせよ、もう一度話をしなくては……」

「ですが、もうこの近辺にはいらっしゃらないかと」

彼女がここを去ってから、もう数時間経過している。

「ここを出たなら、自宅に戻るだろう」

ヴィオラは王都近くに自宅を構えているようだが、以前ハリーが調査した際には、崩れかけた納屋しかなかったと言っていた。あの時はエルマンとの関係を洗い直すのが主な目的だったから、住まいについては真剣に調べていない可能性もあるが――。

――闇雲に探すよりも、自宅の場所を知る人に尋ねた方が早い。

彼女の妹に聞けばわかるだろうが、いまは婚約者の元にいるというから時間がかかる。

ルーファスには、それよりもあてがあった。

――ヴィオラの友人、アンリ・アルバートン。

彼は売れない画家で、パトロンの支援で王都に工房を構えているという。

ヴィオラと親しいようだから、ルーファスも彼に興味を持ち、調べたことがあった。

——彼の工房の場所ならわかるし、ここからそう遠くない。

彼ならヴィオラの家を知っているはずだと考え、ルーファスは馬車を使い、まずはそちらへ向かった。

工房は住宅街のなかに埋もれるようにあって、ルーファスが訪問したときには、アンリはちょうど一人でキャンパスに向かっている所だった。

「約束もなく、突然伺って申し訳ない」

「いいえ、工房へのお客様はいつでも歓迎ですから、どうぞお気になさらず」

驚いた様子で、アンリがルーファスを出迎える。

ルーファスが事情を話し、ヴィオラの家を教えてほしいと頼むと、アンリは少し躊躇《ためら》う様子を見せてから「お許しください」と頭を下げた。

「それは、できません」

「なぜだ」

「私が、ヴィオラの友人だからです」

アンリはルーファスに対して萎縮している様子だったが、次に顔を上げたとき、その表情には決意が浮かんでいた。

「ヴィオラは、これまでずっとひとりで頑張ってきたんです。ぼくは何も手助けをしてやれなかったけど……幸せになってほしいと思っています。ヴィオラが閣下の愛人を続けたくないというのなら、その意志を尊重したい」

まっすぐにルーファスを見つめ、続ける。

「閣下が彼女を愛人にするつもりでおられるのなら、どうかこのまま自由にしてあげていただけませんか」

あらためて頭を下げるアンリに、ルーファスは内心で打ちのめされていた。

――私は、いったいどれほど傲慢だったのか。

ルーファスはずっと、心のどこかで、ヴィオラは自分の愛人になることを喜ぶだろうと思っていたのだ。なにせ誰も彼もルーファスの愛人になりたがる。結婚はできなくとも、愛人でもいいから側にいてほしいという女性はこれまでごまんといた。

だからルーファスは彼女が最初に言った『愛人になりたい』という言葉を、心のどこかで当たり前だと感じていたのだ。

それはそうだろうと――傲慢にも、当たり前だと思っていた。

けれど自分は間違っていた。ヴィオラは『愛人に向いていない』という言葉をルーファスに残した。

身分の違いや、国益云々《うんぬん》の話の前に、ヴィオラはルーファスの愛人になることを望んでいないのだ。

――いや、間違いはそれだけではない……。

彼女を愛人にしようという、その考え自体が間違っていたのだ。

――はじめから、ヴィオラは跪《ひざまず》いて愛を乞うべき相手だった。

愛人にしてやろうなど、いったいどの口が言ったのか。

他の誰かが彼女をそんな風に扱えば、自分はきっと烈火のごとく怒るだろうに。

彼女は誰かの愛人になるような人ではない。美しく、何ごとにもひたむきで、くるくると変わる表情が愛らしく、心根は優しい。アデラの言った通り、彼女は誰か一人に心から愛され、大切にされて、幸せになるべき女性なのだと。

しかしルーファスは過《あやま》ちを犯した。彼女という人を見誤り、始まり方を間違え、深く傷つけた。失うのは当然だ。彼女に捨てられても仕方がない。

――私は、彼女を追いかけて、なんというつもりだ。

それでも引き留めて、結婚はできないが一緒にいてくれと懇願するのか。

ただ、おのれの心を満たすためだけに――。

「だが、私は彼女を手放せない」

ルーファスは頭を抱え、呻《うめ》くように言った。

「彼女をひと目見たときに、心が震えた……」

はじめて舞踏会ですれ違ったあの時、彼女の瞳を覗《のぞ》き込《こ》んだ瞬間、ルーファスの心は確かに震えたのだ。

ともに過ごし、体を重ね、彼女のことを知るうち、さらに惹《ひ》かれていった。

「……愛しているんだ、彼女を」

落ちた言葉は、自分でも情けなくなるほど頼りない声だった。

「ひと目見たときに……」

アンリが、ふとそう呟いた。

そして何か考えるように視線を彷徨《さまよ》わせたあと、仕方なさそうに微笑《ほほえ》んだのだった。

「これも、ヴィオラのためです」


それから一時間ほどかけて辿《たど》り着《つ》いたのは、郊外の農村地帯。

アンリが教えてくれた彼女の家は、結局、ハリーが調べたのと同じ場所だった。

しかしそこには、生い茂る草の中にぽつんと納屋が建っているだけだ。

建物は吹けば飛ぶような頼りなさで、とても人が住むようには見えない。

――やはり、彼女の住まいは別の場所なのではないか。

落胆に肩を落としかけたとき、建物から人が出てくるのが見えた。

淡い色のワンピースを纏《まと》い、白い帽子を被った女性。

日差しに向かって手をかざす、その横顔を見てルーファスは駆け出した。

「ヴィオラ！」

驚いたように、ヴィオラがこちらを振り返る。

その目は赤く、彼女がどれほど泣いたかを知るには十分だった。

ルーファスは腕を伸ばし、ヴィオラを抱きしめた。

細い体、温《ぬく》もり、柔らかさ――。

腹の底から込み上げてくる愛《いと》しさを感じると同時に、その言葉は、ごく自然と口をついて出た。

「私と結婚してほしい」


ルーファスがサミュエルに呼ばれた後。

ヴィオラもすぐに目を覚まし、いまのうちに屋敷を出ようと決意した。

黙って出て行くのは良くないかと悩んだけれど、面と向かって話し合って、自分の決意が揺らぐのが怖かった。

彼に恋をして、ヴィオラは心というものが、自分の意志で右から左に動かせるものではないと知った。

いまは『愛人にはならない』と決心していても、彼に引き留められたら、頷いてしまうかもしれない。そんな自身の弱さに気付いたから、逃げ出すことにしたのだ。

少ない荷物をまとめ終わってから、ルーファスからの贈り物をどうしようかと悩んだ。

――せっかくいただいた物だから、持っていきたかったけれど。

ルーファスも、別れるなら返せとは言わないだろう。

しかし彼のことを忘れるためには、置いていったほうがよい。

——それに、やっぱり、いつか生活に困って売ってしまいそうな自分が怖いわ。

ヴィオラは、部屋のなかを何度もぐるぐると回ってから、納得のいく解決策を見つけた。

舞踏会の前に、ルーファスから貰ったイヤリング。

一度落として、知らない男に拾われたあとに取り返した、左の片方。

それぐらいなら、普段は目につかない場所にしまっておけるし、持っていても未練がましくならないのではないだろうか。

ついでに遺失物扱いということにすれば、万が一売ってしまっても罪悪感は少ない——ような気がしないでもない。

我ながらとても良いアイデアだと思い、ルーファスに宛てて短い手紙をしたためた。

そしてアデラにお礼を言い、別れを惜しんだ後は、王都の街中へ向かった。

家に帰りたいが、それなりに距離があるので、辻馬車《つじばしゃ》を捕まえるつもりだ。

——でも、やっぱりルーファス様の顔を見て、お別れを言うべきだったかしら。

立ち止まっては、振り返り、また前を向く。

未練がましく後ろ髪を引かれながら歩いているうちに、人通りが増えてきた。中心街に辿《たど》りついたのである。

馬車を探して辺りを見渡した所で、年配の女性が道ばたに座りこんでいるのを見つけた。

「大丈夫ですか？」

声をかけてから、この国の人ではないと気付いた。

——東洋の人だわ。

女性の髪は白く、俯《うつむ》いていて顔が見えなかったのもあり、遠目には分からなかった。

「道に迷った上に、足を挫《くじ》いてしまって」

女性は片言ながら、こちらの言葉を喋《しゃべ》った。

それから、母国語で続ける。

「珍しい食べ物があると聞いて、一人で出て来てしまったのよね……言葉もある程度分かるし、この国は安全だと聞いたから……」

独り言だったのだろうが、ヴィオラも少しは聞き取れた。

元々東洋の言語をかじっていたし、最近はルーファスに貧乏神の本を読んでもらっていたので、さらに詳しくなったのだ。

「その、珍しい食べ物は試せましたか？」

東洋の言葉で訊ねると、女性は軽く目を見張ってから、笑顔で頷いた。

「ええ、美味《おい》しかったわ」

「それはよかった」

ヴィオラは微笑みを返すと、躊躇《ためら》いなくその場にしゃがみ込んだ。

「私が背負って道を案内します」

「そんな、見ず知らずの方にそこまでしてもらうのは悪いわ」

「ですが、足を挫いていらっしゃるのでしょう？」

言語の異なる土地で道に迷い、さらに足まで挫くというのは、大変なトラブルだ。

困った時はお互い様というものである。

「大丈夫、私、足腰が強いんです！」

肩を貸して歩くのも考えたが、女性は小柄だし、この方が早い。

「まあ……」

女性はしばし悩んだあと、遠慮がちにヴィオラの背に乗った。

乗り合い馬車の乗降場までの案内を頼まれ、そちらに向けて歩き始めた。

「ありがとう、この国には優しい人がいるのね」

「いえいえ、そんな」

「うちには子供がいなくてね、あなたみたいな人が養子に来てくれたらよいのだけど」

「またまた、そんなことを」

褒められるとまんざらでもない気持ちになり、調子良くそう返す。

乗降場に付くと、女性は深々とヴィオラに向かって頭を下げた。

「本当にありがとう、助かったわ……お礼をしたいから　名前と住所を教えてくださらない？」

ここまで来ると、ヴィオラも非常に良いことをした気分になっていた。

「そんな、名乗るほどの者ではございません」

ふっと微笑み、手を振って踵《きびす》を返す。

ちょっとだけ『やっぱり謝礼を受け取ればよかったかしら？』と後悔したけれど。

それより人助けをして格好つける元気が自分にあることにほっとした。

――なんだ、私ったら、思ったより大丈夫みたい。

ヴィオラは晴れやかな気持ちで、自らもまた馬車を捕まえて家路についた。

そして家に着くと、両手を広げて胸一杯に空気を吸い込んだ。

「久しぶりの我が家だわ！」

三ヶ月も留守にしていたから埃《ほこり》っぽいし、ルーファスと過ごした屋敷に比べるとボロい――こぢんまりとして質素だが、ヴィオラにしてみれば、慣れ親しんだ我が家だ。

――まずは掃除をして……畑の雑草も抜かなくちゃ。

ヴィオラは窓から外を眺めた。

家のまわりで野菜を栽培していたが、いまは雑草で覆われている。

――そういえば、あちらのお屋敷で育ててた野菜を、そのままにしてきてしまったわね。

きっと、アデラがなにかしら世話の手配をしてくれるだろうが。

──ほとぼりが冷めた頃に、こっそり戻って野菜を収穫してもいいかしら。

そんなことをつらつらと考えてから、ヴィオラはふっと短い息を吐いた。

驚くほど、すべて望む通りになっている。

シエラの治療費を確保し、持参金の目途までついた。

口元に笑みを浮かべ、これで良かったとひとり頷く。

──明日にでも、シエラの顔を見に行こう。

顔を見て、抱きしめて、治療費のことはもう心配いらないのだと伝え、安心させてやりたい。

そうと決めたら、気合いが入った。

──まずは家の掃除ね！

ヴィオラは服を着替えると、髪を三つ編みにして束ねた。

窓を開け、拭き掃除をして、床を掃《は》く。空気が綺麗《きれい》になったところで、今度は荷物の整理を始めた。

床に置いた鞄《かばん》を開くとすぐ、折りたたんだハンカチが目に付いた。なかには、ルーファスから贈られた琥珀色《こはくいろ》のイヤリングの片方が包まれている。

ヴィオラはそれを指先で持ち上げると、目の高さにかざした。

煌《きら》めく宝石は、まるで夜空から零《こぼ》れ落《お》ちた星のよう。

──うん、これぐらいの大きさなら、抽斗《ひきだし》の奥にでもしまっておける。

ヴィオラは目を細め、彼の瞳を思い浮かべた。

時に冷たく、時に温かかった、あのアンバーの瞳。

いつか、もっとずっと時間が経《た》ったら、ルーファスのことも良い思い出になるだろう。

その時が来たら、これを取り出して、昔を懐かしむのだ。

そんなことを考えて微笑んだとき、口端に水滴があたり、しょっぱい味が広がった。

なにげなく指先で唇に触れ、それから頬《ほお》に触れる。

これは涙だ。気付いてしまったら、もう駄目だった。目の周りが熱くなり、次から次へと滴が落ちる。

「あ……」

ため息と一緒に言葉がもれた。

平気だったはずなのに。

さっきまで笑えていたのに。

自分で別れると決めて、屋敷を出てきたのに。

胸が痛い、どうしても。

ヴィオラは祈るようにイヤリングを握りしめると、そのまま声を上げて泣いたのだった。


それからどのくらい時間が経ったのか。

やがて泣き疲れて、ヴィオラは袖でぐいっと頬をぬぐった。

——いつまでも泣いていたって、仕方がないわね。

これまでの人生、だてに転び続けてきたわけではない。

落ち込んだ時はじっとしていないほうが良いと、ヴィオラは経験から知っていた。

イヤリングを抽斗《ひきだし》にしまい、両手で顔を叩《たた》いて気合いを入れる。

それから、窓の外を見た。天気は良く、空には雲一つない。

——そうだ、雑草を抜こう。

肉体労働は全てを忘れさせてくれる。ヴィオラはぐっと拳を握ると、袖まくりをして、帽子を被った。

玄関扉を開き、一歩外に出ると、初夏の日差しが目を焼いた。

——もう少し、日が翳《かげ》ってからのほうが良かったかしら？

なんて思いながら額に手をかざした、その時である。

「ヴィオラ！」

ルーファスの声がした。

弾かれたように振り向くと同時、琥珀《こはく》色の視線が自分を貫き、次の瞬間には抱きしめられていた。

——ああ……。

すぐに状況を理解して、ヴィオラは声にならない嘆きをこぼした。

もしかして、とは思っていたのだ。

ルーファスは、ヴィオラを追いかけてくるのではないかと。

ヴィオラの住所を調べる方法なんて、彼にはいくらでもある。

でも、分かってくれるのではないかとも思っていた。

ルーファスの愛人にはなりたくないという、自分の気持ちを。

——でもやっぱり、なにも言わずに出てきたのがよくなかったのよね。

そのことには反省もあった。

「あの……」

ヴィオラはなんとか声を絞りだそうとしたが、それより早く彼の言葉が続いた。

「私と結婚してほしい」

「……え？」

ぽかんとするヴィオラの肩を、ルーファスが両手でつかむ。

「そうだ、私と結婚してくれ、ヴィオラ」

「結婚？」

呆然と言葉を繰り返してから、その意味を理解して、ヴィオラは大きく瞬《まばた》きをした。

——どういうこと？

駆け落ちでもするつもりだろうか？　そうかもしれない。なにしろルーファスは供を連れていない。

「あ……とりあえず、立ち話もなんですから、中に入って……」

ヴィオラは薄い青色の瞳を忙しく左右に動かし、ひとまずその場しのぎの言葉を口にした。

しかしすぐ、家にルーファスをもてなせるものなどなにもないと気付く。

しばらく留守にしていたのもあるが、それにしたってなにもない。

水で薄めたワインすら——水で誤魔化せるだろうか。

そんなことを考えたとき、頭上でパキッと木材の裂ける音がした。

見上げると、屋根材の一部が崩れかけている。

「あ」

——しまった、しばらく屋根の手入れをしていなかったから。

小さな木片がこちらに落ちてきそうだったので、ヴィオラはルーファスの腕を引いてそれを避けた。

ルーファスの顔色が一瞬で青ざめる。

「君は、ここに住んでいるのか」

「ええ、そうですけど……」

「納屋を通り越して、廃屋ではないか」

この言い方には、ちょっとカチンときた。

「いや、家ですけど？」

こちらは、ちゃんと家賃を払ってここに住んでいる。

雨風もしのげるし、鍵もかかる、立派な家だ。

だがルーファスはヴィオラを抱き上げると、そのまま自分が乗ってきた馬へ向かった。

「どこへいくのですか！」

「私の屋敷だ」

「話ならどうか私の家で」

せっかく辻馬車に高いお金を払って帰ってきたところだというのに。

「無理だ」

けれどルーファスは断固とした口調で言った。

「私は、大事な女性を一秒だってこのような場所に置いておけない」

人の家を『このような場所』とは失礼だと思ったが、屋根が崩れかけているのは事実である。

彼を家に招き入れ、万が一にも怪我《けが》をさせては大変だ。

そこまで考えてから、大事な女性というのは自分のことかと気づき、胸がときめいた。別れるといって出てきたのに、現金な自分が情けない。

ヴィオラはそこまでつらつらと考えてから、仕方なく頷いたのだった。


ルーファスに連れて来られたのは逢い引き用のお屋敷ではなく、王都にある公爵邸だった。

正面には高い塔があり、全体を重厚な白い壁で彩った壮麗な外観は、宮殿と見紛《みまご》うほど。

エントランス前の広い前庭には噴水まであって、ヴィオラは彼が自分の家を『納屋』と言ったことに納得した。

――いや、納屋は控えめな表現だったのかも……。

それでも、廃屋は言い過ぎだと思うが。

建物に入ると、公爵家の使用人たちがみな驚いた顔を見せた。

いかにヴィオラが社交界の有名人とはいえ、使用人にまで顔が知れ渡っていることはないだろう。

しかし主人が突然誰か分からぬ女性を連れて帰ってきたら驚くのは当然だ。ヴィオラが使用人でもぎょっとする。

ルーファスは周囲に「誰も部屋に近づかないように」と指示をしてから書斎へ向かった。

ベルベットのソファにルーファスと向かい合って座る。

「……ルーファス様、どうして私を公爵邸に」

「私が君を愛人として扱うつもりはないと、はっきりさせるためだ」

ルーファスはきっぱりとそう言い放った。

「君にはこれから、私の婚約者としてここで過ごしてもらいたい」

「婚約者って……」

ヴィオラには、ルーファスが正気とはとても思えなかった。

「その話の前に……まずはこれまでのことを謝りたい」

「……ルーファス様に謝っていただくようなことはなにも」

「いや、私は君を傷つけた……舞踏会のあと、君を乱暴に扱った」

――そういえば、そんなこともあったわね。

彼との別れで頭がいっぱいで、正直、行為のことは忘れてしまっていた。

「それから、君を愛人として扱ったことだ……本当にすまなかった」

ヴィオラは首を横に振った。

それこそ謝ってもらうことではない。

「最初に愛人になりたいと言ったのは私ですから」

サミュエルからの依頼だったとはいえ、ヴィオラは自分から彼の愛人になりにいったのだ。

ルーファスはなに一つ悪くない。

「そのことだが……陛下から聞いた、君に報酬を用意していたと」

ルーファスの言葉にヴィオラはぱちっと目を瞬かせた。

――陛下が打ち明けたなら、私ももう秘密にしなくてよいのよね？

「……その通りです。私は陛下から五千万リベラの報酬を提示され、それを目当てにルーファス様の愛人を引き受けました」

「五千万リベラが必要だった理由はなんだ」

それを訊ねるということは、『贅沢な暮らしをしたかった』というヴィオラの最初の嘘《うそ》を、彼はもう信じていないのだろう。誤魔化すべきか、少し考えてから、意味がないと判断した。

「私には、赤痣病の妹がいます」

「赤痣病……」

「妹には婚約者がいるのですが、彼の両親は病が完治しないなら結婚に賛成はしないと……」

「二度の結婚もそれが理由か」

「はい……妹の治療費を払ってもらう約束で、私は彼らと結婚をいたしました」

「なるほど……君が財産目当ての結婚をしたり、報酬目当てに愛人したりするのをおかしいと思っていた」

妹のためとはいえ、渋い顔をされても仕方がないと思ったが、ルーファスはただ頷いた。

「よく、ひとりで頑張ってきたな……」

その自然な労《いたわ》りの言葉がアンリとよく似ていて、ヴィオラはくすっと笑ってしまった。

「なにを笑っている」

訊ねられて、「なんでもありません」と首を横に振る。

「まあ、もう少し早く打ち明けてくれても良かったのでは、と思うが」

ルーファスが小さく嘆息し、問いかけを続ける。

「妹は、いまどこにいる」

「妹の婚約者のお屋敷です」

「わかった、これから先、君の妹の治療はすべて私が責任を持つ」

ヴィオラは首を横に振った。

「そんなことは望んでおりません。陛下から報酬をいただければ、治療費は支払えます」

彼がそう言うと分かっていたから、これまで妹のことを言い出せなかった。

そして、自分で解決できるとはっきりしたから、話そうと決めたのだ。

「私も陛下から聞きました……ルーファス様とイザベル王女の結婚が成立すれば、赤痣病で苦しむ女性が減ると」

だから、と続けようとした言葉を、ルーファスが遮った。

「だから私に、我慢して意に沿わぬ結婚をしろと言いたいのか?」

「そういうわけではありませんが……」

ルーファスに犠牲になれといいたいわけではないのだ。

ただ彼の結婚にはそれだけの価値があって、ヴィオラのために失わせてよいわけではないと。

――ああ……でも、ルーファス様は私を望んでくださっているのだから、やはり犠牲を強いているのかしら。

言いよどんでいると、ルーファスがため息をついた。

「君の言うことは分かっている。私が犠牲になって多くの人間が救われるというなら、そうするべきだろう。しかし、こと璃緑晶に関していえば、政略結婚よりよい解決方法がある」

「陛下もそう仰《おっしゃ》っていました。ただ、政略結婚をすればより確実だと……」

「そうだ、つまり王女との結婚は単なる保険にすぎない。別の方法が上手《うま》くいけば、この件は無意味だったということになるな」

「でもこれから先、さらに良い縁談があるかも……」

「それも王女と結婚してはもう成立しない。いま君を選ぶことと、なにが違う」

彼の言うことは、もっともだ。

——私は自分の立場を悲観するあまり、色々と見えなくなっていたのかもしれない。

自らを省みて肩を落としたところに、さらにルーファスの言葉が続いた。

「私は政略結婚などせずとも、自らの力でそれ以上の成果をあげてみせる。君を不安にはさせない、信じてほしい」

「ルーファス様……」

「私は、君を愛している」

じわりと目頭が熱くなった。

——嬉《うれ》しい。

彼の言葉も、気持ちも。

ヴィオラとて、ルーファスを愛している。

一度は愛人にはならないと決意したけれど、ルーファスがここまで望んでくれるなら、ヴィオラはこれからも関係を続けたい。

「だからヴィオラ、どうか私と結婚してほしい」

「それは、できるはずがありません」

ヴィオラは言い切った。

「私は確かに貴族の生まれですが、家は没落して久しく、しかも二度も結婚しています。そのような人間が公爵家に嫁げば、大きな批判を招くでしょう。私は、これからも愛人として、ルーファス様のおそばにおります。ですから……」

「断る」

「断りますか」

思っていたのと違う反応だったので、思わず言葉を繰り返してしまった。

――ルーファス様は、私が逃げ出したのに思い詰めて『結婚』なんて言い出したのかと思っていたから……。

別れないと宣言してしまえば、ルーファスは安心してくれるとばかり思っていた。

ルーファスは困惑するヴィオラの側に膝をついた。

「今回のことでよく分かった。君を愛人にするということは、君をいつ失っても仕方がないということだ」

「ルーファス様……」

「それに愛人は不安定な立場だ。私が他の女性と結婚をしないと誓ったところで、きっと君は安心できないだろう」

ヴィオラは薄青色の瞳を揺らした。その通り。ヴィオラが彼の愛人にならないと決めたのも、それが理由の一つだった。

――だけどあの時はまだ、ルーファス様の気持ちを知らなかったから。

いまなら、その道も選べる気がした。

「私なら大丈夫、ルーファス様のお心を信じます」

しかしルーファスは「違う」と首を横に振った。

「確かに、私たちの結婚は難しい。だからといって、はじめから諦めてどうする。私は君が欲しい。私は……私が、君を一番幸福にできる男でありたい」

ルーファスが、ヴィオラの手を取る。

「そうだ、はじめから私が間違っていた。傲慢だった。君の愛を手に入れるために、君に我慢を強いようとしていたのだ。私はこの先、死ぬまで君との結婚を諦めない」

ぽろりと、涙が落ちた。

嬉しいという感情とともに、やるせなさが胸に込み上げてくる。

「ごめんなさい」

「なにを君が謝ることがある」

ヴィオラは声を震わせた。

「私が、二度も無謀な結婚をしてきたから……」

これまで、シエラの病を治すために頑張ってきたことは後悔していない。

ただその行動がいかに愚かなことだったのかに、ようやく気付いたのだ。

――そもそも、私に離婚歴がなければ、ルーファス様とは出会えなかったのだけれど。

問題は、そういうことではなくて。

ヴィオラはこれまで、自分の人生を粗末に扱ってきた。

恋にも愛にも無縁だからと、心も体も大切にしてこなかった。

それは、いつかヴィオラを愛してくれる人を苦しめる行為だったのだ。

――私の家が没落しているだけなら、ルーファス様との結婚はここまで難しくなかったはず。

項垂《うなだ》れるヴィオラの顔を、ルーファスが覗き込んだ。

「そのことだが、ヴィオラ……君の二度の結婚は、本当に成立していたのか」

唐突な質問に、ヴィオラは思わず目を瞬かせた。

少し躊躇ってから、首を横に振る。

「いえ……エルマンは結婚式の夜、寝室に来る前に逃げてしまいましたし、マルティ伯爵は初夜の前に老衰でお亡くなりになりました」

それを聞いたルーファスが、おそろしいほど長い息を吐いた。

「ルーファス様？」

「少し待ってくれ、もしやとは思っていたのだが……いや、感情が追いつかない」

頭を抱え、その場で蹲《うずくま》るルーファス。

「そうか、ということは、私が君のはじめての相手ということか」

「……そうなります」

頷くと、ルーファスが勢いよく顔を上げた。

大きく見開かれた琥珀色の双眸《そうぼう》は僅かに揺れていて、心なしか瞳孔が開いて見える。

「すまなかった、そうとは知らず……」

「いいえ、嘘をついたのは私です。それに、ルーファス様は優しくしてくださいました」

その時のことを思いだし、ぽっと頬が赤く染まる。

ルーファスはそんなヴィオラの表情を見ると、きゅっと唇を横に引き結び、たまらずとばかりにヴィオラを抱きしめた。

「君が乙女であったことを証明しよう。君の二度の婚姻を無効にできるかもしれない」

「証明って……」

ヴィオラの場合、一人目の夫とはすでに別れており、二人目の夫は亡くなっている。

二人との初夜が行われなかったと証明できれば、婚姻を無効にすることは可能かもしれないが。

——とても現実的ではないわ。

証人がいるわけでもないし、すでにヴィオラは処女ではないから、医師による処女検査も意味をなさない。

もしかしたらマルティ伯爵の場合、その家族の協力を得られれば可能かもしれない。

しかし、彼らは伯爵が腹上死だったと言いふらしているのだ。

「まずはマルティの担当医からカルテを入手し、彼の死因と、時刻をはっきりさせる。初夜は不可能だったと証明できるはずだ」

――なるほど、カルテ。

確かにルーファスなら、そういうことも可能だろう。

「ですが、エルマンは……」

すでに逃げてしまっていて、国内にいるかも分からない。

彼から証言を得るのは無理ではないか。

「エルマンはルシブにいる」

ルーファスはきっぱりと言った。

「彼を捕らえて取り調べる。国内から逃げ出した状況や、時刻の証言を取れれば、初夜がなかった証《あかし》になるだろう」

ヴィオラは思わず息を呑《の》んだ。

すでに他国へ逃げおおせている相手を捕まえるのは容易ではないはずだが――彼の声には、それが実現可能だと思わせる力があった。

「これらをもって君の二度の婚姻は無効であったと証明し、陛下を説得する」

ヴィオラが乙女で、それをルーファスが奪ったとなれば、責任を取るのは道理だ。

しかも、ヴィオラが愛人になるよう手配したのはサミュエルである。

サミュエルが二人の結婚を認める可能性は高い。

「ですが……」

障害はサミュエルだけではない。

名誉ある公爵家に叙任されながら、私情を優先して没落した家の娘と結婚すれば、ルーファスに対する世間の批判は避けられないだろう。

ヴィオラも、厳しい目にさらされるのは間違いない。

そのようなリスクを負って結婚するより、愛人でいたほうがずっと平穏でいられる。

「もちろん私たちの結婚には、他にも様々な問題がある。だが私は生涯をかけて立ち向かうと誓う。だから……どうか私と結婚してくれないか」

頷きたい。彼の想《おも》いを受け止めたい。けれど。

――私が苦労するのはいい、でも……ルーファス様のことを考えると。

とてもすぐに決断はできなかった。

「少し……考える時間をいただけませんか」

ルーファスは「もちろんだ」と頷いた。

再びヴィオラの手を取って、うやうやしく口づける。

「いつまでだって返事を待つ、私の気持ちは変わらない」

「はい……」

「ただ、君の二度の婚姻を無効する件については、早々に進めておきたい」

ヴィオラの『奔放な悪女』という評判は、愛人を続けるにしたって問題がある。

二度の婚姻が無効であったとなれば、その噂《うわさ》だけでも払拭できるかもしれない。

「よろしくお願いします」

「ああ、まずはエルマンの居場所を突き止める」

彼の言葉に相づちを打つ。その頭の隅で、なにかが引っかかった。

エルマンのことで、ルーファスになにか言わなければと思っていたような――。

「あっ！」

唐突に思い出して声を上げた。

――私、舞踏会でエルマンの友人が誰かと密会しているところを見たんだったわ！

あれから色々あって、すっかり忘れていた。

「どうした？」

不思議そうにルーファスが首を傾《かし》げる。

ヴィオラは前のめりになって、彼の手を握り返した。

「実は……！」

先日の舞踏会で、エルマンの友人が男と隠れて話をしていたことを話すと、ルーファスの顔色が変わった。

「その男の特徴は？」

特徴……特徴……エルマンの友人のほうに気を取られて、相手の顔をよく見なかった。

「あまり覚えていなくて……あ、でも珍しいコートを着ていました」

男のコートは、前面が腰丈でカットされている、この国ではあまり見ないものだ。

ヴィオラは紳士の流行に詳しくないので、わかるのはそれが精一杯だが、ルーファスのほうはぴんときたようだ。

「ルシブで流行している形だ」

なにかを確認するように、小さく何度も頷く。

「調べてみる価値はある」

ルーファスがすっと立ち上る。

「急ぎ調査を行うから、君は公爵邸で待っていてくれ」

「え、ここでですか？」

ヴィオラは思わずぱちっと瞬きをした。

ひとりで公爵邸に残されるとか、ちょっと——いや、かなり困る。

家に帰るか、せめて逢い引き用のお屋敷がいい。

「エルマンは、君が密偵だったと疑っている可能性が高い」

それは、ヴィオラが最初に取り調べを受けた時にも言われたことだ。

ヴィオラとの結婚と、エルマンへ捜査が及んだタイミングがあまりに一致していたから。

「君が私と一緒にいるところは、舞踏会で多くの人間が見ている。私がエルマンを追っていると分かれば、君にも危険が及ぶかもしれない」

ヴィオラは首を捻《ひね》った。

確かに、エルマンはヴィオラを密偵だったと疑っているだろう。

しかしエルマンが逃亡する際、ヴィオラは危害を加えられることもなく捨て置かれている。

単に時間が惜しかったのもあるだろうが、ようはそこまでの脅威ではなかったということだ。

いまになって、彼があえてヴィオラを狙う理由が思いつかない。

「念のためだ、ここなら安全だろう」

戸惑うヴィオラに、ルーファスは真剣な表情でそう告げた。

「私も、エルマンやその関係者に動きを気取《けど》られないよう、慎重に動くつもりだ。君に危害が及ぶことはないと思うが、安全に対して気を配りすぎるということはない」

小さく頷くヴィオラに、ルーファスが「それに」と続ける。

「言ったはずだ、君を愛人として扱うつもりはないと」

ルーファスはそう言うと、ヴィオラの手を取り、その甲にキスをした。

「覚えておいてくれ。求婚の返事は待つが、私はすでに君を婚約者だと思っているということを」


結局、ヴィオラは公爵邸に留《とど》まることになった。

――でも私、ここでどうしたらいいの？

書斎にひとり取り残され、ヴィオラはうろたえた。

彼には『好きに過ごしていてくれ』と言われたが、公爵邸で『好きに過ごせる』ほどヴィオラは図太くない。

――勝手に屋敷をうろつくわけにもいかないし……。

使用人をつかまえようにも、急に声をかけたら怪しまれそうだ。

だがいつまでもひとりでいるのも不安で、ヴィオラは部屋の扉を少し開き、隙間から廊下を見た。

優しそうな使用人がいたら声をかけるつもりである。

すると、すぐに足音が聞こえた。

「ヴィオラ様は、ルーファス様のお部屋にいらっしゃるのですね」

足音は二つ。誰かが、こちらに案内されて向かって歩いてくるようだ。

ヴィオラは「あ、誰か私の話をしているわ」と、ドキッとしてから、その声の一つに聞き覚えがあると気付いた。

「アデラさん……！」

扉を全開にして部屋を飛び出すと、思った通り、廊下の先にはアデラがいた。

「ヴィオラ様！」

ヴィオラは彼女に駆け寄って抱きついた。

「アデラさん、どうしてここに？」

「先ほどルーファス様から連絡をいただき、急いで参ったのです」

さすが！　と心のなかでルーファスに賞賛をおくる。

アデラが来てくれるなら心強い。

「ルーファス様は……ヴィオラ様と結婚すると決められたのですね」

ヴィオラをしっかりと抱きしめ返し、アデラは噛《か》みしめるような声で言った。

「ルーファス様はそう仰ってくれました……でも、受け入れてよいものか、私はまだ」

「ええ、すぐに答えが出せるはずもありません。ヴィオラ様がどのように決断されても、私はお二人の味方ですよ」

胸がじんと温まった。

涙ぐみながら「ありがとうございます」と感謝を告げる。

「ルーファス様は、数日は帰られないかもしれないとおっしゃっていました」

アデラの言葉に、ヴィオラはぱちりと目を瞬かせた。

ルーファスは数日も帰ってこないのか。

――そっか……エルマンの友人がルシブの人かもしれないから、国に帰る前に急いで調べるおつもりなのね。

「その間、ヴィオラ様がここで不便なく過ごせるように、このアデラがしっかりとお世話いたしますからご安心ください」

アデラはそう言うと、パンパンと手を鳴らした。

すると、廊下の角からずらずらと侍女が出てくる。

「皆さん、ヴィオラ様にお着替えを用意してください！　お部屋の支度も急ぐように！」

手際よく指示するアデラに、侍女たちが「はい」と声を揃《そろ》える。

ヴィオラは自分も動き出したくなるのをこらえて口を開いた。

「ずいぶん、こちらのお屋敷に慣れているんですね」

「ルーファス様が公爵邸に入られてすぐの頃、手伝いに来ていたのです」

アデラはベテランの侍女で、サミュエルがヴィオラの監視を任せるほど信頼されている。

ルーファスもまた、それだけ彼女を頼りにしているということだろう。

「私が来たからには、絶対にヴィオラ様にご不便はかけませんよ！　お任せください！」

だがアデラの張り切りように、ヴィオラは少しだけ不安になった。

「いや、私は、端っこのほうでそっと過ごせればそれでよいので……」

念のため告げてみたが、アデラはすでに次の指示を使用人に出しており、耳には入っていないようだった。


その後に通されたのは、邸宅の二階、中央階段からほど近い部屋だった。

「ヴィオラ様、滞在中はこちらのお部屋をお使いくださいませ」

——お使いくださいませといわれても。

ヴィオラは頬を引きつらせ、室内を見渡した。

シャンデリアが煌めくその広い部屋には、見るからに上等な家具や調度品が並んでいる。

「……あの、もしかして、ここは公爵夫人用のお部屋ではありませんか？」

場所も広さも設《しつら》えも、そうとしか思えない。

案内してくれた侍女に尋ねると、にこりと微笑まれた。

「公爵邸で、最も良いお部屋の一つです」

つまり公爵夫人用の部屋ではないか。

「ルーファス様から、ヴィオラ様のことは、婚約者のつもりで扱うようにと言われております」

「婚約者のつもりで……」

それはルーファスもそう言っていたけれど。

――でも、こういう扱いは戸惑うというか。

まだ求婚を受け入れたわけでもないのに申し訳ないというか、いたたまれないというか、単に緊張するというか。

――いっそ、使用人としておいてもらったほうが気は楽なのだけど。

途方にくれているうちに侍女たちが部屋に集まってきて、豪華なドレスに着せ替えられた。

断ろうかと思ったが、それもそれで侍女たちを困らせるだろう。

自分も使用人だったたから分かる。ヴィオラはお礼を言うに留めた。

その後は豪勢な夕食をふるまわれたが、なにぶん量が多い。

「あの、残った分を、明日の朝食に出してもらうことは……」

「え？」

試しに侍女に聞いてみたものの、理解できない様子で聞き返されたので、「いえ」と首を横に振った。

――無理ですよね、分かってます。

仕方なく、ヴィオラは出されたものを必死に食べきったのだった。

その夜、ルーファスは帰って来ず、代わりにその旨を謝罪する手紙が届いた。

ヴィオラのために動いてくれているのだから、それは構わない。むしろ、ありがたく思っている。

——ただ、ちょっと疲れてしまったわ。

アデラも侍女たちも、ヴィオラが過ごしやすいようにと色々と心を砕いてくれている。

しかし、問題はヴィオラの資質にあるのだ。

——贅沢に向いていないのよね、私。

使用人にかしずかれると気を遣うし、食事を残すのはもったいないし、高価なものを身に着けたら汚さないか、なくさないか不安で気が気でない。

——やっぱり、ルーファス様と結婚するのは無理かもしれないわ。

なんて、ついつい気弱になってしまう。

そして翌日、夕方になって、ヴィオラはとうとう気疲れで倒れてしまったのである。


ベッドに運ばれ、次に気付いた時には夜になっていた。

薄ら目を開けると同時、隣から声が聞こえた。

「大丈夫か？」

振り向けば、ルーファスがすぐ隣に腰掛けていて、心配そうにヴィオラの顔を覗き込んでいる。

「ルーファス様……どうしてここに？」

「君が倒れたと聞いて、急ぎ戻ってきた……慣れない場所でひとりにしてすまなかった」

「いえ、私の方こそ、申し訳ありませ……、っ」

喋っている途中で胸に突き刺すような痛みが走り、言葉が途中で切れた。

ルーファスが、珍しく慌てた表情を浮かべる。

「なにか欲しいものはあるか？　医師は、原因は疲れだから薬は必要ないと言っていたが……食べたい物や、飲みたいものは？」

ヴィオラは彼に手間をかけさせるのを申し訳なく感じ、最初は遠慮していたが、繰り返し聞かれて背後の棚を指さした。

「あちらの棚の、二番目の抽斗に……小銭が入っております」

「小銭？」

「それを数えていただけると、っ……痛みが、落ち着くかと」

昔から、ヴィオラは小銭を数えると元気が出る。

そう言うと、ルーファスはなんとも言いがたい表情を浮かべた。

「痛みがそれでよくなるなら、いくらでも数えるが……小銭がいいのか？　金貨や、銀貨のほうが効果がありそうなものだが」

言ってから「なんの効果かはわからないが」とルーファスが首を捻る。彼も混乱しているようだ。

ヴィオラは首を横に振った。

「小銭だから良いのです……心が落ち着きますから」

「そういうものか」

「分かった」と頷いて、ルーファスが引き出しから小銭が入った巾着袋を持ってくる。

そしてサイドテーブルを使い、小銭を一枚ずつ丁寧に取り出して数え始めた。

カチャ……カチャ……カチャ……。

小銭の触れ合う良い音がする。

――あ、ちょっと胸が楽になってきたかも……。

ひと息吐くと、ちょっと冷静になった。

「私にはやはり、公爵家に嫁ぐなんて無理だと思います」

「なぜだ?」

「私ったら、お金のない生活が身に染みついているんです」

貧乏生活が長すぎたのだ。

節約が習慣になっているから、蠟燭を少し使いすぎただけでも胃がキリキリと痛むし、たった一日公爵邸で過ごしただけでも疲れて倒れてしまった。

こんな体たらくで、公爵夫人など務まるはずがない。

「ゆっくり慣れていけばいい、小銭ぐらい、いつでも数える」

唇に優しい弧を描きながら、ルーファスが続ける。

「たまには二人で逢い引き用の屋敷にいって、料理をしたりして過ごそう」

ヴィオラのペースで良いと、そう言ってくれている。

嬉しくて、ありがたくて。

彼の深い愛情に、じわりと涙がにじんだ。

二人きりの静かな部屋に、小銭の音が響く。

ヴィオラは「もう大丈夫」と止めようとしたが、そこでルーファスの指に傷があるのに気付いた。

「ルーファス様、その指の傷はどうされたのです？」

「ああ……水を飲むときに、誤ってグラスを割ってしまった」

「少し切っただけだから、大したことはない」と、なにげない様子で答える。

だが、ヴィオラの胸はざわめいた。

ルーファスがグラスを割るなんてめずらしい。

――それも、指を切るなんて……。

いくら忙しくとも、うっかりミスなんてしそうにない人なのに。

――そういえば、私の家にいらっしゃった時も、屋根の木片がルーファス様の頭に落ちそうだった。

ふいに、いつかルーファスとした会話が脳裏に浮かんだ。

『貧乏神に憑《つ》かれると、飛ぶように金がなくなり、自分はもちろん周りも不幸になるとか』

『周りも』

『貧乏神に憑かれた本人と、関わりが深ければ深いほど影響は大きいという』

貧乏神――東洋の民間信仰にある、不運をもたらす神。

――私の身近にいる人は、みんな不幸になっていく……。

ヴィオラは頭を振った。馬鹿な、そんなことあるわけがない。

貧乏神なんて迷信で、周りの人たちの不幸も偶然に決まっている。

「そういえば、マルティ伯爵の主治医からカルテを入手した」

ふいに話しかけられ、ハッとした。

「え？」

「死亡時の状況と時刻から、君との初夜が不可能であったことを証明できそうだ」

そう言う彼の顔には、少々悪い笑みが浮かんでいる。

「あちらの家族にも、よく話をしたら腹上死というのは誤解だったと認めてくれたよ。できる限り噂を正す努力をしてくれるそうだ」

ヴィオラはマルティ伯爵の家族から嫌われていたはずだが――いったいどんな話をしたのやら。

「舞踏会でエルマンの友人が話していた相手についても見当がついた。ルシブの伯爵家の当主で、あちらの王太子から重用されている人間だ。今回も王女の同行者として、我が国の建国祭に出席している」

琥珀色の瞳を細め、考えごとをするように、手に持った小銭を光にかざす。

「明後日にある建国祭の式典にも出席するようだから、そこで話を聞くつもりだ」

ヴィオラは小さく頷いた。

ルーファスがヴィオラのために頑張ってくれていることが嬉しく、ありがたい。

「ありがとうございます」

感謝の気持ちを伝えると、ルーファスが力強く頷いた。

「必ず、エルマンを捕まえる」

それから、ヴィオラの髪を優しく撫《な》でる。

「明日は私も公爵邸で過ごすつもりだ、一緒にゆっくりしよう」

優しい声に、ヴィオラは目を細め、微笑みを浮かべた。

第四章

翌日は宣言通り、ルーファスはどこにも出かけず、ヴィオラの側で過ごした。

公爵邸の使用人らにもヴィオラへの待遇改善——ご飯とおやつは少なめに、世話も焼きすぎないようにと指示をし、専属の侍女はひとまずアデラだけとした。

「ドレスも、もっと動きやすいものが性に合うのだろう？　君の普段着はさすがに使用人が戸惑いそうだが……これならいいんじゃないか」

着替えの際も、ルーファスはヴィオラのために用意された衣装棚から、一番簡素でゆったりした空色のドレスを選んで手渡した。

コルセットが不要で飾りが少なく、何より衣装棚にある中では一番質素な生地のものだ。

——確かに、これぐらいなら、そこまで気負わずに着られるかも。

ルーファスの気遣いのおかげで、ヴィオラも昼にはすっかり元気になり、食事もとれるようになった。

「これから先、公爵夫人になったとしても、なるべく君の過ごしやすいようにしてくれていい」

もちろん、外ではそれなりの格式を求められるだろうが、それ以外は自由にしていいという。

——ルーファス様が……ここまで仰ってくれている。

彼の気持ちがありがたく、胸がぎゅうと締め付けられる。

そして、昼下がり。

ヴィオラの部屋のテーブルには紅茶と、三段のティースタンドが置かれ、色とりどりのケーキに、焼き菓子が並んでいた。

部屋には二人きり。

「ヴィオラ、おいで」

テーブルの前に腰掛けたルーファスが、両手を広げてヴィオラを呼んだ。

頬を染め、おずおずとその胸に飛び込むと、膝の上に座らされた。

キスが落ちてくる。上唇の、つんと尖《とが》った場所を啄《ついば》むように。続いて全体を重ねるように。

口づけは少しずつ深く、深く。角度を変え、目を閉じたり、薄く開いて見つめ合ったり。

額をこつんと合わせ、頬を合わせ、またキスをする。

それからルーファスは焼き菓子をひとつ手にとり、ヴィオラに食べさせた。

「味はどうだ？」

「……美味しいです」

本当は、味はよく分からなかった。

彼から与えられる行為の全てが甘くて、頭も舌も馬鹿になってしまっている。

「ただルーファス様に手ずから食べさせていただくのは、さすがに恥ずかしいともうしますか……」

「しかし君が高級な菓子をどれくらい食べると負担に感じるのか、私も知っておきたい……もう少し付き合ってもらおうか」

真面目を装って言うルーファス。

ヴィオラは顔を赤くして唇を尖らせた。

じっと見つめ合い、どちらからともなく笑う。

——幸せ。

いつまでも、ルーファスとこうしていたい。

そして、彼の求婚を受け入れれば、その願いは叶《かな》う。

彼とずっと一緒にいられる。堂々と。

そのためにはヴィオラも彼の想いを受け入れ、共に戦う覚悟をしなければならない。

——すぐに勇気を出せなくてごめんなさい。

だけど、あと少し。

あと少しだけ、心の準備をさせてほしい。

そんなことを考えながら、たっぷりと二人だけの時間を楽しんだ後。

夕暮れ時になって、公爵邸に客人があった。

「王女が？」

イザベル王女が、事前の約束もなくルーファスに会いにやってきたのである。

ヴィオラの部屋で使用人からその報告を受けたルーファスは、美しく整った顔をこれでもかとしかめた。

——王女とはいえ、他国の公爵家を突然訪問するなんて、礼儀に反する行為だわ。

しかし無碍《むげ》に追い返すわけにもいかない相手である。

ヴィオラはちらりと、視線を同じソファの隣に座るルーファスへ向けた。

彼は眉間に指をあて、長いため息を吐いている。

——ルーファス様は、イザベル王女と結婚するつもりはないとおっしゃっていた。

それを信じるべきだ。

いや、実際に信じている。

けれど意図しているわけではないのに、舞踏会で踊る二人の姿を思い出してしまう。

一対の人形のようにお似合いだった二人の姿を思い出し、胸がキリキリするのだ。

知らず知らずのうちに暗い顔をしていたのかもしれない。ルーファスがヴィオラの頭を片手で引き寄せ、キスをした。

「王女とは、そこの庭で話をするとしよう」

ちらりと窓の向こうを見ながらルーファスが言った。

「君に会話が聞こえてしまうかもしれないが、不躾《ぶしつけ》な訪問にはそれぐらいの対応をしても構わないだろう」

どうやら、ヴィオラに王女との会話を聞かせてくれるつもりのようだ。

ルーファスは悪戯《いたずら》っぽく笑うと、ヴィオラの頭にぽんと手を乗せて部屋を出て行った。

――本当に、会話を聞いちゃっていいのかしら？

戸惑ったが、結局は不安な気持ちに従うことにした。

――ルーファス様がいいって言っていたし。

誰が見ているわけでもないのに、そーっと窓に近寄り、少しだけ開く。

壁にぴたっと背中を当てて待っていると、ほどなく庭から話し声が聞こえてきた。

「サミュエル陛下から聞きました。ルーファス様は私と結婚するつもりがないと」

「私にそのつもりがないことは、あなたの国に滞在していた時に直接伝えてあるはずですが」

「納得できません。私のなにが不満なのですか」

王女が声を荒げる。

「私たちの結婚は、あなたの国にとっても有益なはず」

ルーファスは淡々と答えた。

「私には共に人生を歩んでいきたいと願う女性がいる……それはあなたではない、ということだけです」

「それって、まさか……あのヴィオラ・フィランティのことですの？」

ルーファスは答えない。けれどそれが答えだ。

気になって外を覗《のぞ》くと、王女は怒りの形相を浮かべていた。

「あんな、あんな女……！　金の為に老人や蝦蟇《がま》と結婚するような浅ましい女の方が良いと、あなたはそう仰《おっしゃ》るのですか！」

ギリッと歯を鳴らす音が、ここまで響いてきそうだった。

ルーファスがすっと琥珀色の瞳を細めた。

「あなたの未来に、幸多からんことを」

そう言い残して場を去ろうとするルーファスの腕を、王女が掴んだ。

「お待ちください、まだ話は……！」

王女がルーファスに追いすがる。そこでヴィオラの肘が窓枠に当たり、カタッという音が響いた。

――しまった……！

凄《すさ》まじい勢いで王女がこちらを見上げる。バチッと音がなりそうなほど強く、自分たちの視線がぶつかった。

王女が信じられないとばかりに目を見開く。

「……ルーファス様のおっしゃること、よくわかりました」

先ほどと一転して、静かな口調で王女が言った。

ここにヴィオラがいる、その意味を理解したに違いない。

もしかすると、ヴィオラがいるのが特別良い部屋――公爵夫人の部屋だということにも気付いたかもしれない。

彼女はドレスの裾を翻してルーファスに背を向けると、最後にきつくヴィオラを睨《にら》みつけてから去って行った。

その迫力に怯《おび》えつつ、ヴィオラはルーファスに向かって頭を下げた。

「音を立ててしまって申し訳ありませんでした」

王女に盗み聞きがバレてしまった。

「これで、王女も私を諦めてくれるだろう」

ルーファスがふっと笑い、優しく目を細める。

「私が愛しているのは、君だけだ」


そして建国祭式典の日。

「帰りは遅くなるから、先に眠っていてくれ」

ルーファスはそう言ってヴィオラの額にキスを落とすと、朝から出かけていった。

──今日、例のルシブの貴族から話を聞くのよね。

ルーファスのことだから大丈夫だとは思いつつも、やはり心配だ。

彼の身に何もありませんようにと、ヴィオラは胸の前で手を組んで祈ったのだった。


シエラの婚約者からヴィオラ宛てに手紙が届いたのは、その日の夕暮れのことだった。

部屋で手紙を受け取ったヴィオラは、封蠟に押された印章を見るとその場で封を切った。

家紋はシエラの婚約者の家のもの。シエラに関する連絡を受け取るため、シエラの婚約者にはヴィオラが公爵邸にいることを知らせておいたのだ。

手紙を開き、読み進めるにつれ、ヴィオラの顔が青ざめていく。

「どうされたのです」

そばにいたアデラが、心配そうに声をかけてきた。

「シエラの容体が良くないって……」

アデラにも、すでに自分の境遇と共にシエラのことを話してある。

「赤痣病は、急激に悪化する病ではないはずですが」

「合併症が起きたと……」

赤痣病は、患者の免疫力を低下させる。

シエラは不運にも感染症に罹《かか》ってしまい、重篤な状態にあると手紙には記されていた。

「まあ、なんということ」

アデラは両手で口元を覆って声を上げた。

「すぐに会いに行ってさしあげなければ！」

「でも……ルーファス様に言ってからでないと」

勝手に出て行ったら、ルーファスはきっと心配する。

「私から王宮に報《しら》せを出しておきましょう」

アデラはヴィオラの肩に手を置き、力づけるようにそう言った。

少し躊躇したが、ヴィオラはアデラの言う通り先に行くことを決めた。

ルーファスは忙しく動き回っているようだから、すぐに連絡が取れるかわからない。その間に手遅れになるのが怖かった。

公爵家の馬車は目立つため、家紋のない馬車を用意してもらい、護衛とともにヴィオラはシエラの婚約者の家に急いだ。

公爵邸を出て公道を走っていると、馬で駆けてくる男とすれ違った。以前、逢い引き用の屋敷でルーファスと一緒にいるところを見たことがあるような——。

少し気になったが、向こうはこちらに気付かずに去って行ったので、ヴィオラもすぐにそのことを忘れた。それどころではなかったのだ。

——シエラ……。

ヴィオラは冷たくなった指先を合わせ、祈るように両手を握りしめた。

手紙を受け取った時は、まだ現実感が湧かなかった。

しかし時間が経つにつれその重みを理解し、いまは恐怖に打ちひしがれている。

——シエラを失うかもしれない。

赤痣病が免疫力を低下させ、感染症に弱くなることは分かっていた。けれど重篤な状態に陥ることは稀《まれ》で、シエラも大丈夫だと信じていたのだ。

どうか妹が無事でありますように。良くなりますように。

心の中で願いを繰り返しながら、一時間ほど走っただろうか。

夜の帳《とばり》が下り始めた頃、峠の静かな場所で、急に馬車がガタンと停《と》まった。

外から護衛の声が響く。

「野盗です！　窓とカーテンを閉めて、馬車から決して出ないでください！」

直後に戦闘の始まる音がした。

——野盗？

急な事態に、ヴィオラは息を呑んだ。

相手がただの野盗ならば問題無い。こちらには公爵家の護衛がいるのだ。

しかし外から響いてくる剣戟《けんげき》や怒声を聞くに、事態は怪しく思えた。

カーテンを少し開き、隙間から様子を見てみる。

確かに野盗のようだが、人数が多い。これではこちらが不利だ。

そこに、護衛のひとりが声をかけてきた。

「ヴィオラ様、護衛を連れて反対の扉からお逃げください！」

「え？」

「相手の数が多く、このままではヴィオラ様を守り切れません！」

反対の扉が開き、また別の護衛らが「どうぞ、こちらから」と声をかけてくる。

迷っている場合ではないことは分かる。

ヴィオラは頷くと馬車を降り、二人の護衛とともに夜の森へ駆け込んだ。

だが、野盗もすぐに気付いてこちらを追いかけてくる。

――どうして！

野盗なら馬車の荷物を狙うはず。

なぜ、森に逃げた女ひとりを執拗《しつよう》に追ってくるのか。

――いいえ、そもそも、野盗が護衛のついた馬車を襲うというのが変よ。

おかしいと思うが、考えている余裕はない。

「先にお逃げください」

護衛がひとりとどまり、敵を迎え撃つ。

しばらく進むと、もうひとりの護衛もその場にとどまることになり、ヴィオラは森をひとりで逃げることになった。

――どこかに隠れたほうがいいわよね。

しかし、近くに留まるのは不安だ。

ヴィオラはしばらく森の中を進んでから、木陰に身を隠すことにした。

――本当に、いったいなにがどうなっているの？

恐ろしくて震えが止まらない。

あの野盗らはなにが目的だったのだろう。

――まさか私を狙っていた？　どうして。

考えているうちに、どんどん不安になってくる。

ヴィオラはそっと音を立てないように立ち上がり、いま逃げて来たほうを見つめた。

――まだ戦闘中かしら。

ヴィオラを守ってくれた護衛たちはみな無事だろうか。

その時、どこからかパキッと枝を踏むような音がしてヴィオラは飛び上がった。怖くて、怖くて。

考える余裕もなく、その場を逃げ出す。

さらに森の奥へと進んでから、あの音は動物のものだったかもしれないと冷静になった。

だが、その時にはすでに帰り道は闇のなかで。

「どうしよう」

夜の森は、それだけでも危険だ。

――とにかく、これ以上動き回らないようにしないと。

襲われた場所からは、もうかなり離れている。

あとは、どこかに身を隠して助けを待つべきだ。

ヴィオラはきょろきょろと周囲を見渡した。

暗くてよく見えないが、あちらの木陰が深そうだ。

早足に向かったとき、遠くから人の声が聞こえた。敵だろうか、それとも味方だろうか。

怯えるあまり、ひとまず身を隠そうと焦ったのが悪かった。

背後を振り返りながら、木陰に足を踏み入れる。

すると、ずるりと足が滑った。足下が崖になっていたのだ。

「いやっ……」

体が落下する。

ヴィオラは空へ向けて手を伸ばした。

――シエラ。

死を覚悟したとき、最初に頭に浮かんだのは妹の顔、その安否。

それから。

――ルーファス様！

あの美しい琥珀色の眼差《まなざ》しを、もう二度と見られないなんて。
こんな形でのお別れになるなんて、思ってもいなかった。
きっとルーファスは悲しむだろう。
――せめて、あの時に、素直に彼の求婚を受け入れていればよかった……！
来るべき衝撃を覚悟して目を閉じる。
瞬間、唸りを上げる風に混じって、叫び声が聞こえた。
「ヴィオラ！」
ルーファスの声だ！
慌てて目を開くと、彼はちょうどヴィオラを追ってこちらに身を投げた所だった。
――嘘！
どうしてルーファスまで。
だが驚く間もなく、体が叩きつけられる衝撃とともに水音が響いた。
意識はある。生きている。崖の底は川だったのだ。
その事実を受け入れると同時に、冷たい水が口を塞いだ。体が流されていく。
ヴィオラは両手を激しく動かし、溺れる恐怖に抗《あらが》った。
そこに泳いできたルーファスが追いつき、ヴィオラを強く抱きしめる。
『大丈夫だ』

声はなくとも、彼がそう言ったのはわかった。

ヴィオラは小さく頷き、ルーファスにしがみついた。

そして目を閉じ、息を止めてルーファスに身を委ねたのだった。


その後、ルーファスは流木を捕まえ、しばらくして川の流れが穏やかになったところでヴィオラを連れて川岸にあがった。

「怪我はないか？」

固い地面に足が触れると、ヴィオラはほっとして頷いた。

ルーファスも胸を撫で下ろし、ヴィオラを抱きしめて口づけを落とす。

それから、疲れた様子で辺りを見渡した。

「崖がさほど高くなかったのと、川が深かったのが幸いしたな。しかし暗い森を動き回るのは危険だ。朝になれば誰かが見つけてくれるだろうから、それを待とう」

先ほど、まさにそれでヴィオラは崖から落ちたのだ。

猛省しつつも、まずはここで一夜を明かす準備をしなければならない。

聞きたいことも山ほどあるが、それも後だ。

まずは濡《ぬ》れて重たいドレスを脱ぎ、シュミーズ姿になる。

「いまが冬でなくてよかった……」

季節は初夏で、夜でもそんなに寒くない。

真冬なら、川に沈んだ時点で死んでいたかもしれない。

「とはいえ、火を熾《おこ》したいところだが」

濡れたままでいると、体温が奪われる。

「任せてください、火を熾すのは得意なんです」

ヴィオラはそう言うと、ルーファスと力を合わせて薪《まき》と落ち葉を集めた。

夜目を凝らして岸を見渡し、火打ち石になりそうな硬い石を探して打ち合わせる。しかし何度か試してもうまくいかず、ルーファスが持っていた護身用のナイフを借りて打ち合わせたところ、なんとか火花が出て火をつけることができた。

火は無事に燃え上がり、すぐに温もりと明かりが広がっていく。

「上手いものだな」

「慣れておりますから！」

「そういえば、そうだったな」

ルーファスは感心した様子でそう言った。

彼とは一緒に料理をしたり、風呂の湯を沸かしたりしたこともある。ヴィオラが手慣れていることはよく知っているだろう。

ルーファスが焚《た》き火の前に腰を下ろし、左腕を押さえる。

そこでようやく、ヴィオラは、彼が怪我していることに気付いた。

「ルーファス様、怪我を……！」

「ああ、流木で切ったようだ」

暗かったのと、火を熾すのに一所懸命で気付かなかった。

いつの間にか――ヴィオラが火熾しに必死になっている間だろう、ハンカチを使って止血はしてあるようだ。しかし近づいて見るとかなり血が染みている。

「大変……傷が深いのでは、早く治療をしなければ……」

狼狽えるヴィオラに、ルーファスは静かに「落ち着きなさい」と声をかけた。

「慌てたところでどうなるものではない、いま動く方が危険なことに変わりはないんだ……ゆっくり体を休めたほうが良い」

それよりも、とルーファスが手招きをする。

ヴィオラが隣に座ると、ルーファスはその膝の上に頭を乗せた。

「うん、治療ならこれで十分」

「そんな……」

「君の小銭と同じ原理だ」

なんとも反論しづらいところを突いてくる。

それに『いまは体を休めるべき』というのは理に適っている。

心配は残るが、彼に従うのが最善だろう。

「ルーファス様……助けていただいてありがとうございます」

ヴィオラひとりでは、あのまま溺れ死んでいた。

深々と頭を下げてお礼を言ってから、今度は疑問を口にする。

「ルーファス様はどうしてあの場にいらっしゃったのですか？　私は野盗に襲われて、森に逃げ込んだのですが……」

「君が襲われたのは、野盗ではない……おそらくは、イザベル王女の指示を受けたものたちだ」

「イザベル王女の⁉」

まったく予想していなかった名前が出てきて、ヴィオラはぎょっと目を剥《む》いた。

「まだ確証はないが……誰かが私が公務の間に君をおびき出し、峠で野盗に襲わせるという計画を立てたのは事実」

ルーファスが神妙な口調で続ける。

「そして君が公爵邸にいることを知る者は限られている。私はまだ兄上にも話していない。使用人にも箝口令《かんこうれい》を敷いていたから、他に知っていたのは君の妹の婚約者と、あとは王女ぐらいのものだ」

妹の婚約者にヴィオラを狙う理由はない。

消去法で考えれば、確かに犯人は王女ということになる。

「ですが、どうして王女が私を……」

「私が結婚を断ったのは、君がいるからだと思ったんじゃないか？」

ヴィオラは薄い青色の瞳を揺らした。

公爵邸で、王女と目があった時のことを思い出す。

確かに、彼女から凄まじい形相で睨まれたが。

「ですが私はシエラのことで呼び出されて公爵邸を出たのです。イザベル王女は、私に妹がいることも、病気のことも知りません」

「王女は、エルマンから事前に君のことを聞いていたのだろう」

「エルマン？」

イザベル王女の話に、どうしてエルマンが出てくるのか。

混乱するヴィオラに、ルーファスは順序立てて説明することにしたようだった。

「まず、エルマンをルシブで匿《かくま》っていたのがあちらの王太子だった」

「王太子が!?　なんのためにそんな……」

「エルマンの媚薬だ」

媚薬。

確かに、エルマンがそういった違法な薬物を取り扱っているという噂は、ヴィオラも耳にしていた。

非常に強力で、使用者にこの世のものとは思えないほどの快楽をもたらすが、強い依存性があるのだとか。

「君が舞踏会で見た、エルマンの友人と話していた男。これは前も話した通り、ルシブの王太子の側近だ。私は以前から、ルシブの王家か、それに準じる力を持つ者がエルマンを匿っていると思っていた。王太子の側近がエルマンの友人と接触しているとなると、これは王太子が疑わしい」

「……確かに」

「それからエルマンの友人。彼はエルマンから媚薬を購入し、他の貴族たちに広めていたという疑惑がもたれていたが、証拠が不足して逮捕には至らなかった」

「なるほど……」

「君が舞踏会で見たとき、彼らは媚薬を我が国に持ち込む相談でもしていたのだろう。今日の式典でも何か動きを見せるのではないかと見張っていたところ、密談を始めたので取り押さえ、取り引きに関する書類を入手できた」

書類には王太子の名前は記載されていなかったが、エルマンの名前はあった。二人を捕まえて尋問したところ、側近が王太子のことを白状したそうだ。

「エルマンの媚薬はそれ自体が違法だが、原材料となる薬草もまた栽培が禁止されており、入手が極めて困難だ。そのルートを掌握しているエルマンを、王太子は手放せなかったようだな」

ヴィオラは言葉少なに頷いた。

エルマンが初夜をすっぽかして逃げたあと、そんな大変なことになっていたとは。

「ルシブの王太子がエルマンを匿っていたことは分かりましたが……イザベル王女はどう関係が？」

「彼女と王太子は非常に仲が良い。エルマンがルシブで王太子に匿われている以上、王女とエルマンに交流があってもおかしくはない」

ルーファスが琥珀色の目を細める。

「覚えているか？　イザベル王女が公爵邸に来たとき、彼女は君を、『老人と蝦蟇と結婚した女』と罵った。エルマンは確かに蛙《かえる》に似た容貌をしているが、彼を見たことがなければ出てこない言葉だ」

正直あの時は王女の怒り具合に気を取られていて、ヴィオラは彼女が何を言ったかまでよく覚えていないのだが。

――王女とエルマンの間には交流があった。

王女はきっと、エルマンからヴィオラのことを聞いていたのだ。

祖国で赤痣病の妹を持った女と結婚したが、一日で捨ててきたと。

ヴィオラのスキャンダルはルシブにも知れ渡っていたから、王女は『ヴィオラには赤痣病の妹がいる』と知っていたはず。

「私が向こうにいたとき、王太子から執拗に王女との結婚を勧められた。私が王女と結婚すれば璃緑晶の輸出量を増やしてもよいというのも、王太子が言い始めたこと……そうなれば都合が良いと思ったのだろうな」

エルマンはいまもこの国から追われる身である。ルーファスを懐柔し、その権力を使うことで、エルマンが円滑に商売を行えるようにしたかったのかもしれない。

王太子が安定して媚薬を手に入れるために。

——確かに、王太子にはそういう思惑があったかもしれないけれど……。

イザベル王女自身は、きっとルーファスが好きで結婚したかったのだ。

——だってイザベル王女のルーファス様を見つめる眼差しは、恋をする女性そのものだったもの。

王太子は、その王女の気持ちを利用したに違いない。

「王女は君を邪魔に思い、君を亡き者にしようと企《たくら》んだ。君の妹が赤痣病だというのを利用して、妹の婚約者になりすまして手紙を書き、おびき出したんだ」

「そうだ……それも不思議だったのです。あの封蠟に押された印章は、間違いなくシエラの婚約者の家のものでした」

だからヴィオラは、あの手紙がシエラの婚約者からだと疑わなかった。

「昨日、君の妹の婚約者の家に盗みが入り、印章が盗まれたそうだ」

「え……」

驚きのあまり言葉を失うヴィオラに、ルーファスはシエラやその婚約者家族に怪我はないことを付け加えてから、説明を続けた。

「念のため、君の妹の周囲にも気を配っていたんだ。今日になってその情報を手に入れ、ハリーが君に報せに向かったがそこで行き違いになった」

ルーファスも、まさか王女がそこまでするとは思っていなかったに違いない。

しかしヴィオラの妹の家に盗みが入ったことで、万が一の事態を考えた。

「奪われたはずの印章で封蠟された手紙を君が受け取り、公爵邸を出たと知って、私たちも急いで後を追いかけたというわけだ」

ようやく話がいまに繋がった。

長い息を吐いて、ここまでの話を頭で整理する。

――とりあえず、シエラの容体が危ないというのは嘘だったのよね。

ひとまず、そのことに安堵する。

エルマンを匿っていたのはルシブの王太子で、王女も関わりがあった。

さらに王女は悋気《りんき》から盗みまで働いてヴィオラをおびき出し、野盗に見せかけて殺そうとした。

『ヴィオラ・フィランティ』が聞いて呆れる悪女である。

「イザベル王女、ちょっと邪悪すぎません？」

思ったまま感想を口にしたところ、言葉選びがツボに入ったのか、ルーファスが思わずといった様子で噴き出した。

「君と話していると、なにごとも深刻にならなくていい」

こちらは真剣に話しているのに、と思わないでもなかったが、この状況で深刻になりすぎるのも気が滅入《めい》る。

「私、王女にそれほど敵意を持たれているとは思いもしませんでした。危機感もなくて……あらためて、助けていただき本当にありがとうございます」

「私の方こそ、イザベル王女が君を殺《あや》めようとするとは思わず……もっと君の身の安全を注意深く守るべきだった、すまない」

ヴィオラは首を横に振った。

ルーファスはヴィオラの身に起きた異変を見逃さず、すぐに追いかけてきてくれた。そして身の危険も顧みずに崖から飛び降り、ヴィオラの命を救ってくれたのだ。

彼に対しては感謝の気持ちしかない。

「今頃、公爵家の私兵が野盗を捕らえているはずだ。すぐに証拠が出るかはわからないが、こちらには他の情報も揃っている……王女には必ず罪を償わせる」

切れ長の双眸を細め、ルーファスが断固とした口調で言い切る。

ヴィオラは信頼の気持ちを込めて頷き、ルーファスの頬に優しく手を当てた。

「それにしても、ルーファス様……イザベル王女と結婚しなくて、本当に良かったですね」

「全くだ」

「女性嫌いで助かりましたね」

しみじみと言えば、ルーファスがまた笑う。

やっぱり、少しばかり『真面目に話しているんだけどな』とは思ったものの、怪我が痛むはずの彼が笑ってくれているのだから、これで良いと感じた。

――ルーファス様……熱が出ているわ。

手のひらで触れた彼の顔は熱を帯びていた。

怪我が原因だろう。

出血したうえにヴィオラを助けて泳いだため、体力も大きく消耗している。

「とにかく、君が無事でよかった」

しかしルーファスはヴィオラのことばかり。

痛みを感じている素振りなど、欠片《かけら》も見せようとしない。

胸に痛みが走ると同時、名前のつけがたい感情が込み上げてくる。

「森に入ったあと、私がもっと慎重に動いていれば良かったのです」

「あの状況で、冷静になれる人間の方が少ないだろう」

ルーファスが優しく微笑む。

ヴィオラはなおも申し訳なく、口をきゅっと横に引き結んだ。

――ルーファス様が怪我をしたのは、やっぱり私のせい……。

その時、脳裏にまた例の本が浮かんだ。

ここまで来ると、もはや迷信とも思えない。

「ルーファス様……こんな状況でなにを言うのかと、呆れずに聞いていただきたいんですけど」

「うん」

「私には、貧乏神が憑いていると思うのです」

「貧乏神?」

ルーファスが首を傾げる。

「あれか?　東洋の本に出てきた……」

「そう、それです」

ヴィオラはしょんぼりと肩を落として頷いた。

「憑いた人間はもちろん、近しい人たちまで不幸にするという東洋の神……私に憑いているとしか思えません」

両親や妹はもちろん、一度目の夫も、二度も夫も、ヴィオラと結婚してから災難に見舞われた。

「多分、貧乏神の基準では愛人は不幸からは除外されるんです。でも婚約者はダメなんじゃないかと」

「判定基準があるのか……貧乏神も意外ときっちりしているんだな」

「それは神さまですもの」

ルーファスは噴き出すのを堪えるように口を押さえたが、ヴィオラがとても真剣だということは分かっているようで、笑わずに頷いた。

「実際、私たちはまだ婚約者ではありませんが……ルーファス様が『結婚しよう』と言ってくださった後から、不運が続いています。木片が頭に落ちてきたり、グラスで指を切ったり。いまなんて、崖から飛び降りて腕を怪我し、危険な状況で……」

ルーファスの額に浮かんだ汗を指でぬぐいながら、薄い青色の瞳に、瞼《まぶた》をかぶせる。

「だから……」

『ヴィオラと結婚しない』と彼が決めたら、状況は好転するかもしれない。

そう言いたかったけれど、いざとなると喉が塞がったようになり、声が出なかった。

「なるほど……木片やらグラスやらはともかく、君に貧乏神が憑いているかもしれない、と思いたくなるのは分かる」

けれど、ヴィオラの言いたいことは彼に伝わったようである。

自分から貧乏神が憑いているかもしれないと言い出したのに、ルーファスにそう言われると、胸がぎゅうと苦しく、辛くなった。

「そうなんです……だから、やっぱり私とは……」

「しかし、私はいまの状況を、そんなに悪いとは思っていない」

言いかけたヴィオラの言葉を、ルーファスが遮る。

そして、夜空を指さした。

澄んだ空には、星々がきらめいている。

「こうして君に膝枕をしてもらいながら、星を見上げている。こんなことでもなければできない体験だ。君が無事だったから思うことだが……良い夜だ」

「ルーファス様……」

「君に貧乏神が憑いているなら、それもまた面白い。貧乏神が憑いている、君ごと愛すよ」

空を指さして手を開き、そっとヴィオラの頬に触れる。

そこに伝う流れる涙をぬぐって、笑った。

――そうだった、ルーファス様って、なんでも楽しめる方なのよね。

料理を作るのも、風呂の湯を沸かすのさえ、良い経験だと言ってしまえる人だった。

「それに、あの本には確か、貧乏神は幸せを貯金していると書いてあったろう」

「そういえば……」

貧乏神に憑かれると、宿主は不幸になり、苦労をする。

けれど投げやりにならずに耐えていれば、貧乏神は離れる時に、その分の幸せを返してくれるのだ。

あの本の主人公も、その妻とともに随分と苦労をしていたが、最終的に貧乏神が去り、結末は『二人はいつまでも幸せに過ごしました』で締めくくられていた。

「君はこれまで十分頑張ってきた、これからはいいこともあるさ」

ルーファスに言われると、そんな気がしてくる。

「まあ……いまが危機であることは間違いない。助かったら、私は君の貧乏神に打ち勝ったということにしてくれ」

長い指でヴィオラの目尻に触れ、続ける。

「結婚しよう、ヴィオラ」

ヴィオラは鼻をすすった。

手の甲で、目と、頬の涙をぬぐう。

――私が公爵夫人になるなんて……まだ自信はないけれど。

ヴィオラはルーファスが愛おしい。

彼と一緒にいるためなら、どんな困難にだって立ち向かえる。

いま、ヴィオラは心からそう思っていた。

それに、崖から落ちるときに後悔をしたのだ。

こんなことになるなら、ルーファスの求婚を受け入れていれば良かったと。

――この心に従って生きなければ、きっと後悔する。

頷いて、微笑んだ。

「……はい」

彼の頬に両手で触れて、続ける。

「私は……ルーファス様と、結婚いたします」

琥珀色の瞳が嬉しそうに細くなった。

その表情ひとつにも、胸が引き絞られるようだ。

ヴィオラはゆっくりとルーファスに顔を寄せると、その薄い唇に、そっとキスを落としたのだった。

知らないうちにうとうとしていたようだ。

気がつけば空は白み、夜が明けていた。

残った焚き火はまだくすぶっている。

獣に襲われることもなく、無事に朝を迎えられたのだ。

その時、森の奥から声が聞こえた。

「ルーファス様！　ヴィオラ様！」

誰かが自分たちを呼んでいる。

目覚めたばかりでまだぼんやりとしていたヴィオラは、それを聞いてパチッと目を覚ました。

——助けが来たんだわ！

顔を輝かせ、膝の上のルーファスに呼びかける。

「ルーファス様、起きてください！　朝です！　助けが来ました！」

しかし、返事がない
よほど深く寝入っているのかと思い、肩を軽く叩いてみるも、やはり反応はなかった。

一瞬思考が止まり、数度瞬きをしてから、ヴィオラはハッとして彼の額に手を当てた。

——熱が、上がっている。

見れば表情も苦しげで、息も浅い。

眠っているのではなく、意識がないのだ。

「ルーファス様……ルーファス様！」

ヴィオラは慌てて彼に声をかけた。

そこにハリーたちが駆け寄ってくる。

ヴィオラは助けを求める声を上げると、彼の体をぎゅっと強く抱きしめ、涙を流したのだった。

エピローグ

「全く、人騒がせな弟だ」

王宮、謁見の間にて。

婚約の報告に来たルーファスとヴィオラを見て、サミュエルは嘆息混じりに言った。

「私たちの結婚をお認めくださり、心から感謝いたします、陛下」

跪いて微笑むルーファスに対し、サミュエルは玉座で頬杖《ほおづえ》をつき、難しい顔をしている。

――陛下は、まだ全然、私たちの結婚に納得しておられない様子ね……！

ルーファスの横で跪いて頭を垂れるヴィオラは、落ち着かない気持ちでいた。


ヴィオラが野盗に襲われ、ルーファスと共に助け出されてから、三ヶ月が経つ。

その間、多くの出来事があった。

まずルーファスは事件の後、数日に渡って生死の境をさまよった。

ルーファスの怪我は、彼が申告していた以上に深かったのだ。

彼の容態にヴィオラはつい気弱になってしまい、意識を取り戻したばかりのルーファスに、

『私との結婚を取りやめれば、回復するかもしれません』

と言ってしまって、

『生きる気力を失うようなことをいうな』

と叱られてしまった。

その後は、ヴィオラの献身的な看病の甲斐《かい》もあって、彼は回復へと向かったのだが……。

——そこからのルーファス様が、すごかったわ。

彼は起き上がれるようになるやいなや、建国祭の式典で押収した書類と男の自白を元に、ルシブの王太子に迫った。

王太子は最後まで否認していたが、ルーファスの怒濤《どとう》の追及に負け、最終的にはエルマンを匿っていたことを認め、身柄を引き渡したのである。その結果、彼は王太子の座からも追われた。

また、ヴィオラを襲った者たち。

彼らは、イザベル王女が自分の国から護衛として連れてきた者たちだった。

そこから、王女が犯行に関与していることはあっさりと明らかになった。

ルーファスは王女がもっと巧妙に動いていると考えていたようで、事態の展開に拍子抜けしていたが。

——イザベル王女……多分、カッとなった勢いでやっちゃったのよね。

だから計画が甘かった。もちろんルーファスがヴィオラの危機に気付いて助けにくるとは思わず、油断していたのもあるだろう。

両国の話し合いの結果、王女は自国の修道院に入り、そこで一生を過ごすことが決まった。

ルーファスはこれら一連の事件を外交問題として扱い、自国に有利な条約を結ぶことに成功している。

——それから、エルマン。


エルマンの身柄がこの国に引き渡されるとすぐに、ルーファスは彼が逃亡した時の詳細な調書を取った。結果、ヴィオラとの初夜は行われていないことが明らかになったのである。

マルティ伯爵のカルテもあり、ヴィオラの二度の結婚が成立していなかったことが証明できた。

と、この間、僅か三ヶ月。

ルーファスがどれほど働いたか分かるというものだ。


「なんにせよ、死の淵《ふち》にいたお前がここまで回復したのは良かった」

サミュエルは兄の顔をしてそう言った。


——陛下は、私たちが結婚することをお認めくださった。


『認める』という言葉の前に、『一応』とか『渋々』とかつきそうな感じではあるが。

ヴィオラの二度の結婚が成立していなかったという事実は、すでに社交界で噂になっている。

また舞踏会でルーファスとヴィオラが共にいるところも、多くの人間が目撃していた。

ヴィオラはこれでも貴族の令嬢であり、ルーファスがその乙女を奪ったとあれば、責任を取るのは紳士の義務だ。

それを命じたのがサミュエルである以上、一応でも、渋々でも、認めるしかなかったのだろう。

ヴィオラたちは今日、その礼を述べるために謁見を申し出たのである。

――私は乙女であることをあえて黙っていたわけだし、陛下を騙《だま》したようで心苦しいのだけれど。

そう言うと、ルーファスは『兄上が浅慮《せんりょ》だったのだから、気にすることはない』と飄々《ひょうひょう》としていたが。

ちなみにルーファスは、今回のことを王妃――サミュエルの妻にも報告したそうだ。

『私に愛人を用意するために五千万リベラを使ったと聞いて、王妃は大変ご立腹だった。兄上はかなり叱られたはずだ』

とのこと。彼の顔が若干やつれて見えるのは、弟の怪我やルシブとのいざこざだけが原因ではないのかもしれない。

その後、サミュエルは形式的に祝いの言葉を述べて謁見を終了させると、席を立ちながら二人に声をかけた。

「このあと客人がある。応接間へ向かうから、途中まで付き合いなさい」

謁見の間では話せない、私的な話があるということだ。

ヴィオラたちは、サミュエルの後ろについて王宮の廊下を進みはじめた。

「ヴィオラ嬢、妹君のご病状はいかがか？」

「おかげさまで適切な治療を受け、いまは快方に向かっております」

ヴィオラが資金を必要としていた背景について、すでにルーファスからサミュエルに説明されている。知らなかったとはいえ、病気の妹のために結婚相手を探していたヴィオラに、愛人という話を持ちかけたことを彼は後ろめたく感じているようだ。

報酬の五千万リベラと屋敷は当初の予定通りヴィオラが受け取ることになり、そのお金でシエラの治療費を支払うことになった。

ルーファスが治療費の面倒をみると申し出てくれたが、ここはヴィオラが自分の意志を貫いた。

「ルーファス……以前も言った通り、私はお前に幸せになってほしいと思っている」

サミュエルが振り返り、視線をルーファスへ向ける。

「ヴィオラ嬢との結婚についても反対しているわけではない、ただ心配しているのだ」

眉を寄せ、続けた。

「私が君たちの結婚を認めても、世間はそうはいかない。ヴィオラ嬢の二度の結婚が成立していなかったにしても、二人の男性と結婚に踏み切ったのは事実だ。妹の病のためという美談があれど……そうそう簡単に世間の目は変わらない」

その通りだと思ったので、ヴィオラは「はい」と頷いた。

「なによりヴィオラ嬢には後ろ盾がない。彼女は没落した家の令嬢であり、お前と結婚するには立場が相応しくない。多くの貴族はヴィオラ嬢を認めず、苦労することになるだろう」

そこで、ちょうど応接間の前に着いた。

足を止め、話を続ける。

「それでも、あえて結婚する必要があるのか？　今のまま恋愛関係を続けていけばよいではないか。お前が言っていた通り、他に妻を取らず、彼女との子供を後継ぎにするという選択肢もある」

「分かっています」

ルーファスは静かに頷き、確固とした声で続けた。

「ですが、やはり、愛人というのは不安定な立場です。私は……自分の全てを持って、ヴィオラを幸せにしたい」

選んだ道には、苦難もあるだろう。

けれどヴィオラたちが求める真の幸せは、きっとその先にしかない。

だからこそ、立ち向かうと決めたのだ。二人で。

「そこまでいうのなら……私はこれ以上なにも言わないが」

サミュエルが、短い息を吐いて笑う。

その時、すぐ近くの廊下の角から女性が現れた。

見慣れない、前合わせの衣服を着ている。確か、東洋の着物というものだ。

――東洋の女性……。

応接間へ向かって歩いてきているので、彼女がサミュエルの言う客人だろう。

――あの方を、私、どこかで見たことがあるような。

首を傾けたとき、向こうもこちらに気付いて目があった。

「あっ！　あなた！」

驚愕《きょうがく》する女性の声を聞いて、ヴィオラも「あっ」と思い出した。

――前に、街で怪我をしていたご婦人！

以前、ヴィオラが逢い引き用の屋敷から自宅へ帰る途中、怪我をしているのを見つけ、馬車の乗降場までお連れしたご婦人だ。

女性は、東洋の言葉で溌剌《はつらつ》と喋り始めた。

「あなた、探していたのよ！　お礼をしようと去って行くあなたを追いかけようとしたけど、私も怪我をしていて動けなくって……」

怪我はすっかり良くなっているようで、すたすたと近づきヴィオラの両手を握った。

「本当にありがとう。慣れぬ土地で怪我をしてしまい心細かったの。あなたの親切、本当にうれしかったわ」

「い、いえいえ……そんな、私は……当然のことをしたまでで……」

予期せぬ再会である。

しかもここは王宮、国王の御前。

いきなりこんな個人的な会話をはじめてよいものか。

戸惑いながらルーファスを見ると、彼も戸惑っているようだった。

「君は、クジョウ夫人と知り合いなのか？」

「……クジョウ？」

馴染《なじ》みのない響きだが、名前だろうか。

良く分からないまま、ヴィオラは首を斜めに傾けた。

「知り合いというか……以前たまたま街でお会いして……」

「そう、彼女に助けていただいたの！」

女性が、こちらの言葉でそう被《かぶ》せてくる。

ルーファスは、ここまでの会話でおおよその経緯を把握したようで、「なるほど」と頷いた。

「お久しぶりです、クジョウ夫人……こちらは私の婚約者、ヴィオラ・フィランティです」

ルーファスはすでに彼女と知り合いらしく、二人を紹介し始めた。

「ヴィオラ、この方はクジョウ公爵夫人だ。以前話しただろう、璃緑晶の件で政略結婚より良い解決方法があると。クジョウ公爵家が管理する土地で、璃緑晶が豊富に採掘される鉱山が見つかったんだ。いま、彼女とその璃緑晶を優先的に輸入させてもらえるように話を進めている」

本日はその件で、国王であるサミュエルとの懇談会が予定されていたらしい。

そこまで聞いて、ヴィオラは思わず息を呑んだ。

――街でたまたま助けた方が、そんなすごい人だったなんて……。

偶然にしたって、まさかすぎる。

ルーファスによる紹介が終わると、クジョウ夫人は顔を輝かせて微笑んだ。

「あなたがオンズワルト公爵の婚約者だったなんて、素敵な驚きだわ」

ルーファスは璃緑晶の交渉に深く関わっていたのだろう、二人は親しげな様子だ。

夫人がちょいちょいと、ルーファスとヴィオラに身をかがめるよう促す。

そして二人にだけ聞こえるように、東洋の言葉で囁《ささや》いた。

「さっきちらっと聞こえちゃったんだけど、あなたたちの結婚に何か問題があるの？」

ルーファスもまた、東洋の言葉で答えた。

「彼女の身分が低く、後ろ盾がないので、私と結婚したら苦労をするのではないかと、陛下が心配なさっているのです」

「なんだ、そんなこと！」

クジョウ夫人は、それを聞くと両手をぱんと叩いた。

「それならあなた、私の養女におなりなさいな」

名案とばかりに発せられた夫人の言葉に、その場にいる全ての人間がぎょっとした。

「え⁉」

声をひっくり返すヴィオラに、夫人がにっこりと微笑む。

「言ったでしょう、あなたみたいな娘が欲しかったと。あれは本心よ。養女に迎えたあなたがオンズワルト公爵夫人になるなら、私たちにも都合がいいわ。この国に影響力を持てるし、璃緑晶の交易も円滑に行くでしょう」

重要な交易相手である公爵家の養女となれば、ヴィオラにとって大きな後ろ盾になる。非常にありがたい申し出だ。

しかしなにぶん突然の話すぎて、ヴィオラはとてもついていけない。

——いやでも養女になるとか、そんな軽い感じで決めてよいことではないはず。

難しいことはよくわからないが、養女に迎えられるとなると親族関係や財産、権利問題など、色々と解決すべき問題があるはず。

だが、ルーファスはあっさり「なるほど」と頷いた。

「良い話だな」

ルーファスは明るい声でそう言うと、そばにいるサミュエルを見つめ、首を傾げた。

「いかがですか？　陛下」

ここまで黙って成り行きを見守っていたサミュエルは、問いかけられると肩を竦《すく》めた。

そして、降参するかのように笑みを浮かべたのだった。

「前向きに検討して良いのではないか」

その後、ヴィオラは正式にクジョウ公爵家の養女になることが決まった。

そんな簡単に決めてよいのかと何度も確認したが、ルーファス曰《いわ》く――。

『今回のことは、君の後ろ盾になってやりたいというクジョウ公爵夫人の完全なる好意だ。手続き上は養女になるが、諸々《もろもろ》の権利は手放すから、そうそう問題は起こらない。クジョウ公爵夫人も言っていた通り、あちらにとっても都合が良いんだ。ありがたく話をお受けして良いんじゃないか？』

ということだ。

養女としての手続きが完了した後、ルーファスはヴィオラが璃緑晶の交渉に大きく貢献したという話を広めた。実際にヴィオラが養女となったことで円滑に進んだ部分もあるらしいが、事実が大きく誇張されていたのは間違いない。

ヴィオラは高額な治療費に苦しんでいた赤痣病の患者から、治療が楽になったと感謝されることになった。すでにヴィオラの二度の結婚は、病の家族を助けるためだったという話が美談として広まっていたこともあり、世間の風向きは完全に変わった。

そして、半年後――。

王都の大聖堂で行われた二人の結婚式に欠席者はなく、多くの王侯貴族が二人を祝福しに訪れたのだった。

「――と、いうことが、いまだ信じられないのですが」

大聖堂で愛の誓いを終えた後、祝福の花びらが舞い散る広場で、ヴィオラは集まった人々を見渡しながらそう言った。

「信じられない？」

隣に立つルーファスが、微笑みながら首を傾げる。

「はい、なんだが……全てが上手くいきすぎていると申しますか……」

――だって、ルーファス様と結婚したら苦労するものだと思いこんでいたから。

まさか、これほど多くの人に祝福してもらえるとは夢にも思わなかった。

もちろんなかには面白くない人もいるだろうが、ヴィオラにとっては想像以上の結果だ。

――一番良かったのは、やっぱりクジョウ公爵夫人の養女に迎えてもらえたことよね。

あれはまるで、空から金貨が降ってきたかのような――出来すぎた幸運だった。

全てが驚くほど順調に進み、そのスムーズさにヴィオラは少し戸惑いを感じていた。

「夢でも見ているのでは……を通りこして、なにかに騙されているのではないかとすら疑ってしまいます」

「そう思いたくなる気持ちは分からなくもないが」

ルーファスは口元に微《かす》かな苦笑を浮かべつつ、白い婚礼衣装を纏ったヴィオラの腰を優しく引き寄せた。彼も今日は純白の衣装を身に纏っており、その姿はまるで童話から抜け出てきたかのように素敵である。

「こう考えるのはどうだ？　これまで君に憑いていた貧乏神が離れていったと」

ルーファスは、さらりと冗談めかしてそう言った。

「貧乏神が？」

「君は、自分に貧乏神が憑いている気がすると言っていただろう。貧乏神は憑いていた間の幸せを溜《た》めていて、離れるときに返してくれるという」

奇妙に腑《ふ》に落ちる感覚があり、頷いた。

「貧乏神が離れていったから、というのは、何の理由もなく幸運であるより納得できる気がします」

しかし、と首を捻る。

「だとしたらいつ、なぜ、貧乏神は離れていったのでしょう」

「あの本によれば、貧乏神は確か、宿主が心から幸せになろうと決意したときに離れていくのではなかったか？」

「心から幸せに……あっ」

思い当たることがあって、ヴィオラは声をあげた。

——そういえば……。

あの夜——ヴィオラが崖から落ち、ルーファスに助けられたとき。

ヴィオラは彼の求婚を受け入れ、困難に立ち向かい、幸せになろうと決めたのだった。

もしかすると、貧乏神はその時にヴィオラから離れていったのかもしれない。

「まあ、貧乏神はただの迷信にすぎない……君がいま幸せを感じているのなら、それは君自身の行いや努力のおかげだ。頑張ってきた成果を素直に享受すればいい」

優しい声と眼差し。

ヴィオラは胸がきゅっと締め付けられるのを感じながら頷いた。

――ルーファスの婚約者に決まってからも大変なことはあったけれど……ルーファス様のおかげで頑張れた。

彼と婚約したあと、ヴィオラは引き続き公爵邸に滞在し、公爵夫人になるための教育を受けた。

マナーやスキルの習得は苦にならなかったが、生活の変化には、やはり息が詰まりそうになることがあった。

そんな時、ルーファスは約束を守ってヴィオラをあの屋敷へと連れて行ってくれた。

使用人のいない場所で、二人きりで料理をしたり、本を読んだり。

彼のお陰で、ヴィオラは少しずつだがいまの暮らしに慣れることができたのである。

「お姉様！」

その時、少し向こうから呼びかける声が聞こえ、ヴィオラは振り向いた。

ヴィオラとよく似た顔立ちの女性――ヴィオラの妹シエラが、彼女の婚約者と共にこちらに向かって来ている。

「シエラ」

ヴィオラは妹のもとへと駆け寄り、温かい抱擁で包み込んだ。

「おめでとうございます、お姉様」

「ありがとう、シエラ」

祝福の声に応えると、シエラはヴィオラの胸の中で顔を上げ、声を震わせた。

「それから、苦労をかけて本当にごめんなさい……私、お姉様が治療費のために二度も望まない結婚をされていたとも知らず……申し訳ありませんでした」

頭を下げるシエラに、ヴィオラは強く頭を振った。

あえてシエラに話さず、周りに口止めを頼んだのはヴィオラだ。

シエラに話せば反対されるのは分かっていたし、気に病ませてしまうから、せめて治療が終わるまでは、と。

「私たちの結婚式も三ヶ月後です、全てお姉様のおかげ……ありがとうございます」

シエラはそう言うと、ルーファスに向き直り、頭を下げた。

「ルーファス様、私にも色々とお気遣いをいただき、ありがとうございます。どうか姉をよろしくお願いします」

妹の治療費はヴィオラが負担したが、ルーファスもまた、シエラが心配事なく治療に専念できるよう、細やかな手配と配慮を惜しみなくしてくれた。

シエラの隣で、その婚約者が頭を下げた。

小領主の息子である彼が、これから公爵家と縁続きになるわけで、その顔は緊張で強《こわ》ばっている。

「私の方こそ、これからよろしく頼む。何かあったら本当の兄と思って頼ってくれて構わない」

ルーファスが、自分の家族を大切にしてくれることが嬉しい。

優しく微笑む彼に、ヴィオラの胸は高鳴った。

「ヴィオラ、結婚おめでとう」

と、今度はそこにアンリが声をかけてきた。

「君が幸せになってくれて嬉しいよ」

「ありがとう、アンリ」

満面の笑みで言うと、アンリは嬉しそうに頷き、こちらに歩み寄って耳元に顔を寄せた。

「ヴィオラ、いつか君と話した一目惚れ《ひとめぼ》れの話は正しかっただろう?」

からかうような声に、ヴィオラはぱちっと瞬きをしてから、くすっと笑った。

「ええ、正しかったわ」

一目惚れも捨てたものではない。

姿にはその人が滲《にじ》み出る。

もしも、見つめ合ったときに心が震えたなら――。

――はじめてルーファス様と目が合ったとき、私の心が震えたのはきっと、彼の心に触れたから。

心に芽生えた感情が、愛に育つのは必然だったのだ。

「実はね、閣下が、ぼくの工房に君の住所を訊ねに来たことがあるんだ」

「え？」

初耳だ。ルーファスも黙っていたわけではないだろうが、あれから色々あったので、タイミングを失っていたのかもしれない。

「君の目を見たときに、心が震えたのだと仰っておられた」

驚いた表情を浮かべるヴィオラに、アンリはくすっと笑ってから、ルーファスに向き直った。

「閣下、ご結婚おめでとうございます」

「ああ、ありがとう」

アンリの祝福に、ルーファスが嬉しそうに答える。

――ルーファス様も、あの時に……心が震えたと。

その意味を考え、ヴィオラの胸は熱くなった。

と、さらにアデラやハリーも集まってきて、二人に祝福の声をかける。

「ヴィオラ様の婚礼衣装も、とてもよくお似合いで……」

アデラが、涙ぐんでヴィオラの手を取る。

「婚礼衣装といえば……君が、いま身に着けているイヤリング」

ふと、ルーファスが思い出したように口を開いた。

その視線は、ヴィオラの左耳に――かつてルーファスから贈られ、一度彼のもとに残していった琥珀のイヤリングに注がれている。

「それは、私から君にあらためて贈ったものだから、すでに遺失物ではないことは言っておきたい」

かつてヴィオラが屋敷を去るとき、イヤリングの片方を残していったことは、彼を傷つけたようだ。

また、それはそれとして、片方のイヤリングがプレゼントではなく、遺失物扱いになっていることが納得いかなかったらしい。

結果、イヤリングを揃えてルーファスに返し、そこからもう一度ヴィオラに贈るという、謎の手続きを踏むことになった。

その時のことを思い出し、ふっと笑みをこぼすと同時に、目に涙がにじんだ。

――だって、幸せすぎるんだもの。

ルーファスがヴィオラの腰を抱き寄せ、涙をそっとぬぐう。

その表情に浮かぶのは愛しさ。

琥珀色の瞳に映るヴィオラの顔は、幸せに満ちていた。

「実は……貧乏神の件で、もう一つ不安があるのですが」

結婚式を滞りなく終えた夜。

寝支度を整え、公爵邸の主寝室に入ったヴィオラは、のそのそとベッドに入りながらそう言った。

ルーファスは先にベッドにいて、ヘッドボードにもたれかかるようにして座っている。

そしてヴィオラが隣に来ると、優しく肩を引き寄せた。

「うん？」

「今日は、その……私たちの初夜ではありませんか」

体の関係はこれまでにもあるが、結婚してから初めての夜であることは間違いない。

ルーファスは真面目な顔で、少し前のめりになって「そうだな」と頷いた。

「ですがこれまでの二度の結婚では、初夜を乗り越えることはできなかったので……」

結婚した相手に夜逃げされたり、老衰で亡くなったり。

もしも今回もルーファスに災いが起きたらどうしようと、ヴィオラはひそかに不安を感じていた。

「ああ、そうだったな」

よく梳《と》かし、香油をぬった金色の髪を、ルーファスが指でくるくると弄ぶ。

その表情は明るく、鼻歌でも歌い出しそうなほど。

――ルーファス様、すごく機嫌がよさそうだわ。

結婚式を終えた夜というのもあるだろう。

正式にヴィオラが妻になったから嬉しいのだ。

そう思うと、ヴィオラの胸にもあらためて喜びがわき上がってくる。

だが、忠告はしなければならない。

「逃げるならいまかもしれません」

ルーファスの顔を覗き込んでいうと、彼は妻の顎を指でくいと持ち上げて微笑んだ。

「では試してみるとしよう。私がこの初夜を乗り越えられたら、君に憑いていた貧乏神は離れていったということだ」

情欲の宿った琥珀色の瞳が、ヴィオラを映している。

ぽっと頬を染め、恥じらいののちに頷くと、情熱的なキスが落ちてきた。

目を閉じ、彼に対して感じる愛しさのまま、その口づけに応える。

お互いの唇に吸い付くようにしながら、徐々にキスを深め、どちらからともなく舌を絡める。

ほどなく、ヴィオラの体にも炎が灯《とも》った。

体温が上がり、全身が汗ばんでいく。

やがて、唾液が銀色の糸を引き始めたころ、ルーファスはようやく唇を離して、ヴィオラの胸元にあるナイトドレスの紐《ひも》を解いた。白い乳房がまろびでる。ルーファスは数秒、それをしっかり目で楽しんでから、ヴィオラを生まれたままの姿に導いた。

そして、すぐに自らも寝間着を脱ぎ去り、ヴィオラを組み敷く。

ヴィオラはためらうことなく、彼の背中に腕を回した。

自分からキスを求め、筋肉に覆われた硬い胸に、柔らかな胸の膨らみを押し潰すように押し当てる。

小さな胸の飾りが擦れるたび、ヴィオラの唇から甘い声が吐息が漏れた。

「……ぁっ」

二人は、しばらく互いの肌の感触を楽しんでいたが、そこでヴィオラの脚に彼の昂《たか》ぶりが触れた。

肌の他の部分とは、また違う感触。

おそるおそる視線を下へ送ると、それはすでに彼の腹につきそうなほど反り返っていた。

――あ……っ。

熱く、硬い、彼の情欲の塊。

ヴィオラはごくりと生唾を呑《の》み込《こ》んだ。

同時に、秘めた場所から、とろりと愛液が漏れる。

はやく、彼と一つになりたい。

彼のもので満たされたい。

気持ち良くなりたい。

この体も心も、はしたないほどに期待してしまっているのだ。

我慢できず、その部分を彼の竿《さお》に擦りつけると、くすりと笑みこぼす声が聞こえた。

「まだ早い」

ルーファスはそう言うと、ヴィオラの乳房を片手で愛撫《あいぶ》しながら、もう片方を下へ伸ばした。

長い指が、割れ目をなぞる。

彼はそこからあふれる蜜を指に絡めると、ぷくりと腫れた花芯に触れた。

「あぁ……っ」

ぬるりとした感覚と、強すぎない愛撫が心地良い。

まるで、ぬるま湯に浸《つ》かっているような、ちょうどよい快感。

ヴィオラは腰を揺らしながら、彼にぎゅうとしがみ付いた。

「き、もち……い、っ」

ルーファスが「うん」と嬉しそうに笑う。

彼はそのまま、陰核の腹を、まるで花びらに触れるように何度も擦り、ヴィオラに溺れるような快感を与えてくれた。

その度に、ヴィオラは「きもちいい、きもちいい」と訴えた。

頭がじんと痺《しび》れ、全身が、骨までとろんと溶けていきそうだった。

しかし、しばらくそうしているうちに、今度はもう少し刺激が欲しくなってくる。

それを見計らったように、ルーファスは体ごと下へずらし、股の付け根に顔を近づけた。

「……え？」

初めての行為である。

いったい何をされるのか――混乱しているうちに、ルーファスがその場所に吸い付いた。

「ひゃ、ぁっ……」

秘めた場所を吸われ、ヴィオラは体を仰《の》け反《ぞ》らせ、短い悲鳴を上げた。

――そんな、場所……っ。

ヴィオラは衝撃を受けたが、我に返るより早く、全身を悦びが駆け抜けた。

ぬるい舌が割れ目をなぞり、浅い場所を出入りして、陰核を押しつぶす。

その全てが、信じられないほど気持ち良い。

「あっ……ぁっ、やぁあ、んっ」

ぴんと脚の爪先を伸ばし、シーツに皺《しわ》を作る。

気がつけば、無意識のうちにヴィオラは彼の頭を両手で抱え込んでいた。

腰を浮かし、もっともっとと、はしたなく揺らす。

やがて指までその場所に入り込んでくると、いよいよ頭は真っ白になった。

「はぁ、ぁっ……ぁあ……」

ぐちゅぐちゅと指でなかをかき回され、舌で突起を吸われ、潰される。

ヴィオラはひとたまりもなく、絶頂へと押し上げられた。

「あっ、ああ……！」

鋭く、痺れるような快感に襲われ、体をびくんびくんと反らせて喘《あえ》ぐ。

ルーファスがつぷんと指を引き抜き、手の甲でてらりと光る唇をぬぐった。

「初めての試みだったが、これほど愉《たの》しいものだとは思わなかったな」

その声は、どことなくウキウキしている。

すごく嬉しそうだ。

「君のこの場所……真っ赤になって、ひくついている」

「……み、見ないでください」

ヴィオラはくたりと体を横に向けると、真っ赤になった顔を両手で覆った。

「恥ずかしいです……とても」

声を震わせるヴィオラに、ルーファスがぽつりと漏らす。

「可愛《かわい》い」

彼は片手で顔を覆い、座ったまま崩れ落ちていた。

「君が、可愛すぎる……」

可愛すぎて耐えられないのだとばかりに言われ、ヴィオラの顔はますます赤くなった。

恥ずかしくて背を向けると、ルーファスは「すまない」とヴィオラを背後から抱きしめた。

「君を妻にできて、思いのほか、私は浮かれているようだ」

そんな風に言われたら、全て受け入れるしかないではないか。

――嬉しいのも、浮かれているのも、私も同じだもの。

彼の腕のなかで身をよじり、振り向く。

ルーファスはすかさず、ヴィオラにキスをした。

「結婚式で、婚礼ドレスを着た君を見たとき……私はこの世界で一番幸せな男だと思った」

繰り返す口づけの合間に囁く。

「ルーファス様……」

「君を誰より幸せにするために結婚したというのに……私のほうが幸せになってしまった」

甘い言葉にうっとりとしながら、ヴィオラは首を横に振った。

「いいえ、きっと、私のほうが幸せです」

荘厳な大聖堂で、多くの人たちに見守られ、祝われて。

ステンドグラスから射《さ》し込《こ》む光に包まれ、彼とともに永遠の愛を誓ったとき、ヴィオラは心からの幸せを感じたのだ。

「愛しているよヴィオラ」

側臥位《そくがい》で抱き合った体勢のまま、彼の先端が蜜口に当てられる。

「……あ、っ」

入ってくる。

愛しい人が、自分のなかに。

ヴィオラはぎゅっと彼に抱きついたまま、股の付け根を彼の方へ突き出し、挿入を手伝った。

——この人の、すべてを受け入れたい。

彼の強いところも、弱いところも、全て。

そして自分の強いところ、弱いところ、その全てで彼を愛したかった。

「私も……私も、あなたを愛しています……ルーファス様……っ」

愛を囁き返すと、ルーファスのものが膣《ちつ》のなかビクンと跳ねて、一回り大きくなった。

「っ、……ヴィオラ！」

ルーファスが堪えるような声を漏らし、余裕のなさそうに腰を突き上げる。

熱い肉杭が奥へと進む度に、その圧迫感にヴィオラは喘いだ。

ほどなく一番奥まで彼を呑み込むと、ヴィオラの全身は多幸感で満たされた。

——幸せ……。

いま、彼の全てはヴィオラのもので、ヴィオラの全ては彼のもの。

それがとても嬉しくて、幸せだった。

「なんど抱いても、君のなかは狭いな」

熱い吐息と共に、ルーファスが囁く。

——それを、言うなら……。

ルーファスのものこそ、大きくて、ヴィオラは呑み込むのがいつも少し苦しいぐらいだ。

そのみっちりと自分のなかを埋め尽くされる感覚も気持ちがよいのだけれど――。

「ぁあ……っ」

ルーファスが、亀頭でぐりぐりと最奥に押しつぶす。

ずんと腰に響くような、重たい快感に、目の前がチカチカする。

その快感が行き過ぎるのを待ってから、ヴィオラはお返しとばかりに、きゅっと彼のものを締め付けた。

ルーファスの薄い唇から、気持ちよさそうな吐息がもれる。

「悪い子だ」

お仕置き、と耳朶《じだ》を甘噛みされた。

先にそちらがしかけたくせに、と目を細めると、琥珀色の視線とぶつかった。

ふっと笑みがこぼれ、くすくすと笑い合う。

――ああ、なんて気持ちがいいの……。

心も、体も、ルーファスへの愛しさで溢《あふ》れている。

ヴィオラはぽとりと、目尻から涙を落とした。

――幸せ……。

ルーファスが、ヴィオラの涙に気づいて唇でぬぐう。

そのまま額に、鼻先に、頬に、耳に――キスをしながら体勢を変え、ヴィオラに覆い被さった。

ゆっくりと、律動が始まる。

「は、ぁっ、ぁ……」

ぐちゅ、ぐちゅと濡れた音が寝室に響く。

ルーファスは、ヴィオラの悦いところを知り尽くしており、丹念にそこを攻め立てた。

まずは蜜孔の浅い場所を、亀頭の張り出した部分でひっかけるように。

それから全てを挿入し、腰を回すようにしてヴィオラを高めていく。

特に、奥の深い場所にある一点を削るようにされると、身もだえするような快感が全身を一気に駆け抜けた。

「あっ、あ……、やぁ、はぁっ」

ヴィオラの金色の髪が真っ白なシーツに広がり、身をよじらせるたびに乱れていく。

「もう、っ無理そうだ……」

ルーファスがそう言うと、ヴィオラの細い腰を両手で掴み、激しく腰を打ち付けた。

波のように押し寄せる官能に、こうなってはもう逆らう術がない。ヴィオラは彼の体に脚を絡め、陰部を擦りつけるようにして淫らに喘いだ。

「ヴィオラ……っ、愛している」

「っ、ぁっ、わ、私も……っ、あなたを、愛しております……！」

獰猛《どうもう》なまでに激しく抽挿されて、目の前に火花が散る。

すでに全身は快楽で満たされていて、これ以上は行き場がない。

頭は痺れ、目の前は涙でにじんでいる。

そして、ごりっと音がなりそうなほど強く奥を叩かれた瞬間、とうとうヴィオラのなかで快楽が弾けた。

「ああっ……あっ……！」

体が痙攣《けいれん》し、全身が弓なりに反る。

心臓がどくんどくんと鼓動して、全身から汗が噴き出す。

その後、頭の天辺《てっぺん》から、手足の指先まで、じんと痺れるような悦楽に包まれた。

絶頂に達した心地よさで媚肉を締め付けると、ルーファスがぎゅっとヴィオラを抱きしめた。

「あ……」

膣のなかでルーファスの欲望が弾ける。

――子種……。

腹の奥に叩きつけられる熱い精を感じ取り、ヴィオラは目を閉じた。

この感覚をなんと呼べば良いのだろう。

幸せなんて言葉では、とても足りない、この心地よさを……。

――どうか、ルーファス様の子供が宿りますように……。

祈っていると、ルーファスが短い息を吐き出し、上体を起こした。

まだ自身を呑み込んだままの薄い腹を、愛おしそうに撫でる。

「これから、私たちはずっと一緒だ……」

「ええ」

目に涙を浮かべて答えると、口づけが落ちてくる。

それから——優しい微睡《まどろ》みがヴィオラを呑み込むまで、二人は何度も抱き合い、愛を確かめあったのだった。


そして——。

カーテンの隙間から差し込む朝日に照らされ、ヴィオラは目を覚ました。

体を起こし、そっと隣を見る。ルーファスはまだ心地よさそうに眠っていて、悪いことが起きているようには見えないが——。

——眠るように息を引き取るということもあるものね。

まだ油断はできない。

ヴィオラは真面目な顔で息を呑むと、おそるおそる彼の前で手を振った。しかし起きない。寝息や心臓の音を確かめれば一発で分かるだろうが、もしも止まっていたらと思うと恐ろしい。

——こうなったらちょっと鼻を摘ませていただいて、生きているかどうかの確認を……。

ルーファスに息があれば、鼻を摘まれたら苦しくなって反応するだろう。いきなり息が止まっているのを知るより、こちらも心臓に良い。

ヴィオラはそーっと指を彼の鼻に近づけ――。

「……なにをしているんだ？」

そこでルーファスが薄く目を開き、不思議そうにたずねた。

「あ、いえ、なんでもございません！」

ぱっと両手を背中の後ろに隠して、ヴィオラは首を横に振った。

夫婦となって初めての朝に、妻から生死を心配されて鼻を摘まれそうになっていたなんて、知らないに越したことはない。

――でも良かった、ルーファス様、ちゃんと生きているわ。

ほっと胸を撫で下ろす。

――私に憑いていた貧乏神は、本当に離れていったみたい。

彼と初夜を越えられたことが嬉しくて、ヴィオラは思わず頬を緩ませた。

最後の不安が消え去って、心が幸せでいっぱいになる。

その時、ルーファスがこちらを見つめているのに気付いた。

薄い青色と、琥珀色の視線がぱちっとぶつかり、次にキスをされる。

「おはよう、ヴィオラ」

彼の声も、表情も、蕩けるように甘くて、喜びが伝わってくる。

――どうか、いつまでもこの幸せが続きますように。

切に願いながら、ヴィオラは彼の首に腕を回し、口づけに応えた。

ゆっくりと啄むようだったキスが、少しずつ深くなる。昨夜さんざん愛された体は、それだけで簡単に火がついて、ヴィオラは甘い吐息を漏らした。

「……っ、ルーファス様」

「ヴィオラ……さっき、私の鼻を摘まもうとしていたな?」

しっかりバレていた。

「申し訳ありません……っ、その、ルーファス様が生きておられるか心配で」

「ならば、これで貧乏神が消えた証明になっただろう」

ヴィオラの体を組み敷きながら、ルーファスが嬉しそうに笑う。

「無事に初夜を越えたご褒美に、もう一度君が欲しい」

耳元で囁かれ、ヴィオラは頬を染めた。

ルーファスが欲しいのは自分も同じだから、それはヴィオラにとってもご褒美だ。

こくりと頷きながら、再び彼の口づけに応え――ふと脳裏に、また例の本のことが浮かんだ。

貧乏神に取り憑かれた男と、その妻の物語。

二人は次々と襲い来る災難に苦労をしていたが、結末はどうだったろうか。

――確か、あの本の結末は……。

思い出して、無意識に笑みがこぼれる。

「なにを笑っているんだ？」

首を傾げるルーファスに、ヴィオラは少し考えてから首を横に振った。

「なんでもありません」

それから、先ほど忘れていた朝の挨拶を返す。

「おはようございます、ルーファス様」

柔らかな朝の光を受けて、二人の影がぴたりと重なる。

愛しい人と再び溶け合あっていく幸せに溺れながら、ヴィオラはそっと目を閉じた。


例の本は、確か、こう締めくくられていたのだ。

『そして二人は、いつまでも幸せに暮らしました』と。

あとがき

はじめまして。もしくはこんにちは、浅見です。

この度は本書をお手にとっていただき、誠にありがとうございます！

こちらはガブリエラブックス様より出版させていただく、二冊目の書籍となります。

とても嬉しく、光栄な気持ちでおります！


今作は契約から始まる恋がテーマです。

女性嫌いのヒーローが、奇妙なヒロインに振り回されるうちに恋に落ちてしまう物語。とっても楽しく書かせていただきました！

ちなみにですが、私は宇宙船で第二の地球を探しに行くなら、パートナーは『ヒロインを自分の過ちから失いかけて後悔している男』と決めています。ヒーローの後悔、いいですよね。何億年でも見ていたい。

というわけで、今作のヒーローにもしっかり後悔していただきました！

また今作のヒロインは、ちょっとコミカルで、したたかな女性です。いつか書きたいと思っていた、枕元でヒーローにアレを数えてもらうシーンを達成できて嬉しかったです。

前作に引き続き、自分の好きなものをいっぱい詰め込みました。読者の皆様にも楽しんでいただけると良いなと願っております。

しかし楽しんで書いたのは書いたのですが、途中なかなか書くのが難しいシーンもありまして。他の作家先生が書いた文字数を羨ましげに聞いておりましたところ「頑張って書き上げたら『おしまい』の四文字あげるから頑張ろう！」とめちゃくちゃ励ましてもらいました。

「おしまい」に代え、さらに一文字足して「ありがとう」の言葉をここに残させてください！


イラストはKRN先生が担当してくださいました！　ヴィオラが美しいのはもちろんなのですが、ルーファスがとっても格好よくて！　机をダァン！　と叩きながら興奮し、嬉しさにもだえ狂っておりました！　とても幸せです、本当にありがとうございます！

また担当編集者様をはじめ、ガブリエラブックス編集部様、刊行までに携わっていただいた全ての皆様に心より感謝を申し上げます。

また最後になりましたが、この本を手に取ってくださった読者様に心よりの感謝を申し上げます。

これからも書いていきますので、またお会いできましたら幸いです。

浅見

ガブリエラブックスをお買い上げいただきありがとうございます。
浅見先生・ＫＲＮ先生へのファンレターはこちらへお送りください。

〒110-0016　東京都台東区台東4-27-5（株）メディアソフト
ガブリエラブックス編集部気付　浅見先生／ＫＲＮ先生　宛

gabriella books

MGB-124

この恋、契約ですよね？
出戻り悪役令嬢と公爵閣下の密愛事情

2024年11月15日　第1刷発行

著　者　浅見《あさみ》

装　画　ＫＲＮ《かれん》

発行人　沢城了

発　行　株式会社メディアソフト
〒110-0016
東京都台東区台東4-27-5
TEL：03-5688-7559　FAX：03-5688-3512
https://www.media-soft.biz/

発　売　株式会社三交社
〒110-0015
東京都台東区東上野1-7-15
ヒューリック東上野一丁目ビル３階
TEL：03-5826-4424　FAX：03-5826-4425
https://www.sanko-sha.com/

印　刷　中央精版印刷株式会社

フォーマットデザイン　小石川ふに（deconeco）

装　丁　吉野知栄（CoCo. Design）

ISBN 978-4-8155-4350-1